GILLES MARCHAND

Le Soldat désaccordé

LES ÉDITIONS AUX FORGES DE VULCAIN

Contenus pédagogiques
à l'intention des enseignants disponibles sur
livredepoche.com

ISBN : 978-2-253-24338-0 – 1re publication LGF

À Milo et Elliot

LE SOLDAT DÉSACCORDÉ

Batteur dans un groupe de rock, Gilles Marchand se tourne vers l'écriture en 2010. Son premier titre, *Le Roman de Bolaño* (éditions du Sonneur, 2015), est écrit en collaboration avec Éric Bonnargent. C'est en solo qu'il rencontre le succès : *Une bouche sans personne* (2016) remporte le prix Libr'à Nous, le Coup de Cœur des lycéens du prix Prince-Pierre-de-Monaco et le Prix du meilleur roman francophone Points Seuil. L'année suivante, *Un funambule sur le sable* impose cet écrivain original, qui mêle réalisme magique et humanisme, comme l'héritier de Boris Vian, Romain Gary et Georges Perec. En 2018, il publie aux éditions Aux forges de Vulcain *Des mirages plein les poches*, qui reçoit le Prix du premier recueil de nouvelles de la Société des Gens de Lettres. Suivent *Requiem pour une apache* (Aux forges de Vulcain, 2020), *Le Second Souffle* en collaboration avec Jennifer Murzeau (Rageot, 2021), et enfin *Le Soldat désaccordé* (Aux forges de Vulcain, 2022), lauréat, entre autres, du prix Eugène-Dabit, du prix Naissance d'une œuvre, du Prix des libraires et du prix Libraires en Seine/Corinne-Kim.

« À Verdun, une division, dans l'espace d'une relève, laisse en moyenne quatre mille hommes. La terre elle-même change de forme ; les collines sous les coups de rabot des obus perdent leurs reliefs, leurs contours. Le paysage prend cet aspect jamais vu, cet aspect de néant, cette apparence croulante de fourmilière et de sciure, où des échardes, des fétus, des débris de choses mêlées comme de la paille dans du mauvais pain, rappellent qu'il y a eu des bois, des fusils, des brancards, on ne sait quoi de concassé là. On ne vit plus... on ne dort plus, on ne mange plus, on range les morts sur le parapet, on ne ramasse plus les blessés.

On attend le moment fatal dans une sorte de stupeur, dans un tressaillement de tremblement de terre, au milieu du vacarme dément. »

Lettre hommage à Émile Gillet,
exposée au fort de Douaumont.

1

Je n'étais pas parti la fleur au fusil. Je ne connais d'ailleurs personne qui l'ait vécu ainsi. L'image était certes jolie, mais elle ne reflétait pas la réalité. On n'imaginait pas que le conflit allait s'éterniser, évidemment. Personne ne pouvait le prévoir. On croyait passer l'été sous les drapeaux et revenir pour l'automne avec l'Alsace et la Lorraine en bandoulière. À temps pour les moissons, les vendanges ou de nouveaux tours de vis à l'usine. Pour tout dire, ça emmerdait pas mal de monde cette histoire. On avait mieux à faire qu'aller taper sur nos voisins. Pourtant, on savait que ça viendrait : on nous avait bien préparés à cette idée. À force de nous raconter qu'ils étaient nos ennemis, on avait fini par le croire. Alors, quand ils sont passés par le Luxembourg et la Belgique, il n'y avait pas grand monde pour leur trouver des circonstances atténuantes. On était nombreux à être volontaires pour leur expliquer que ça ne se faisait pas trop d'aller envahir des pays neutres.

On a quitté nos femmes et nos enfants, pour ceux qui en avaient. Je me souviens d'Anna sur le quai de la gare. Seule au milieu de ses amies. Et moi, seul à la fenêtre de mon pauvre wagon, entouré de plusieurs dizaines de têtes et de képis. Ça chantait, ça criait mais c'était seul. Ce sont les au revoir. C'est comme ça. On a beau mettre une foule en décor, elle ne fait pas le poids face à la solitude.

Si on avait su.

De mes camarades de wagon, combien sont revenus en 18 ?

Les morts officiels, les disparus, les estropiés… Il aurait eu une drôle de gueule amochée, le wagon du retour.

Pour ma part, mon sort avait été rapidement scellé : j'avais perdu une main dès l'automne 1914, c'en était fini de ma participation aux combats. Néanmoins, je voulais être utile à mes camarades. Avec toute la bêtise de ma jeunesse, je pensais que j'étais indispensable. On m'avait confié diverses missions, liées notamment à l'approvisionnement et au transport. Je ne participais plus aux combats, mais j'en restais suffisamment près pour sentir l'odeur de la poudre. De 1915 à 1918, j'allai d'un coin à l'autre du pays. Chauffeur ici, cantinier là. Partout où on avait besoin d'un infirme besogneux. Dévoué à n'importe quelle tâche pour être utile à mes camarades, à mon pays, à ma patrie. Voilà le genre de belles histoires que je me racontais.

Une main en moins, impossible pour moi de retrouver ma vie d'avant.

Après-guerre, un ancien camarade de combat m'avait présenté une certaine Blanche Maupas. Elle enquêtait sur l'affaire des caporaux de Souain et avait besoin de quelqu'un comme moi.

Elle remuait ciel et terre pour prouver que son mari avait été fusillé à tort. Quasiment vingt ans, elle y a passé. Et s'il en avait fallu trente, elle l'aurait fait de la même manière. Un bel exemple. Elle a fait appel à la Ligue des droits de l'homme, a couru de cabinet ministériel en cabinet ministériel, jusqu'à la Cour de cassation. Rendez-vous annulés, demandes rejetées, elle n'a jamais baissé les bras. Le pauvre Théophile avait été fusillé pour l'exemple avec trois de ses camarades pour « refus d'obéissance devant l'ennemi ». Ce qui s'était passé, c'est que c'était un sacré foutoir, que plus personne ne comprenait rien à rien, que ça pilonnait et que ça mitraillait, et que l'artillerie française n'était pas à la hauteur de celle de l'ennemi.

Blanche Maupas m'a tout appris : la méthode, l'abnégation, le sens du détail, les réseaux, l'importance de l'opinion publique, les démarches judiciaires.

Quand Blanche avait besoin d'un service, je le lui rendais. J'étais à ses côtés en février 1920 quand le ministère de la Justice a refusé d'examiner le dossier. J'étais également là en mars 1922 quand il a été rejeté par la Cour de cassation. Quand il a de nouveau été rejeté en 1926, j'étais déjà sur l'affaire Joplain, celle qui allait m'occuper pendant sept ans. Je suis par la suite allé la trouver quand les caporaux ont enfin été réhabilités par la Cour de justice militaire en 1934. À cette époque, nous ne nous voyions quasiment plus, mais nous correspondions de temps à autre. Cela faisait déjà un moment que je travaillais pour des associations ou différents comités œuvrant à la réhabilitation des fusillés pour l'exemple. Et je parcourais le pays afin de permettre à une famille de retrouver la dépouille d'un soldat qui n'était pas revenu.

Je m'étais escrimé sur l'affaire Joplain trop longtemps. Dans notre petit milieu, ça avait commencé à jaser. Blanche Maupas fut la seule à me dire que j'avais eu raison de m'entêter. De continuer. Elle avait vieilli mais paraissait sereine comme jamais. C'est à ce moment que j'ai compris que je n'aurais plus eu de repos tant que je n'aurais pas résolu mon enquête.

Puis une nouvelle guerre a éclaté. La der des ders n'était pas la der. Je n'ai, en réalité, jamais quitté la guerre. Pour moi, elle a commencé en 1914 et elle continue encore aujourd'hui. Des blessés, des morts, des monuments, des commémorations et des défilés. Pour en revenir au même point.

Le seul moyen pour faire réhabiliter un soldat, c'était d'apporter un élément nouveau. Je n'avais pas d'autre solution que de traverser le pays et de poser des questions. Plein de questions. Toujours plus de questions.

Les réponses ne venaient pas automatiquement. Les anciens soldats n'étaient pas toujours causants. Mais j'avais ce truc qui faisait qu'on se confiait à moi. Mon air enfantin, un peu perdu. Et puis j'avais fait la guerre, c'était un atout non négligeable. Je n'étais pas un de ces embusqués qui avaient trouvé un prétexte pour rester à l'arrière, et ça se voyait. Quelque chose que j'avais compris assez tôt. Mettre bien en évidence mon absence de main gauche. Le regard en retour ne trompait pas. J'ajoutais : « La Marne. » Bien entendu, j'ai eu parfois droit à « Si t'as pas fait Verdun, t'as pas fait la guerre », mais ce n'était tout de même pas ma faute si j'avais été cueilli au début des hostilités.

Bref, on restait des camarades de combat, même si on n'avait pas été aux mêmes endroits, même si on n'y était pas restés aussi longtemps. J'y avais laissé une main, ils ne pouvaient pas tous en dire autant. Et puis on était de la même extraction. J'avais peut-être davantage de mots que certains, mais ça se voyait que je n'étais pas de la haute.

La guerre, quand tu y as goûté, elle est dans ton corps, sous ta peau. Tu peux vomir, tu peux te gratter tout ce que tu veux, jusqu'au sang, elle ne partira jamais. Elle est en toi. Alors j'y retournais. Ça sentait encore la cendre et la poudre. Les croix s'étendaient à l'infini. Et j'enquêtais, inlassablement. Durant toutes les années 1920 et une bonne partie des années 1930, j'ai fait ce drôle de boulot d'enquêteur.

On était quelques-uns à vivre de ça. Peut-être parce qu'on ne parvenait pas à tourner la page. Ou qu'on désirait un peu de justice après ces années d'injustice. On écoutait les histoires, on écoutait les légendes.

La Fille de la Lune, c'est comme ça que j'en avais entendu parler : « Y avait plus de fleurs, alors elle faisait des bouquets d'obus. »

Cette phrase me trotte encore dans la tête aujourd'hui. C'est étonnant comment fonctionne la mémoire. Je ne me souviens pas du nom du soldat qui m'a parlé du bouquet d'obus. En revanche, j'entends encore sa voix. Je l'interrogeais au sujet de l'exécution injuste de ses amis, et ce qu'il voulait raconter, c'était l'histoire d'une jeune femme qui était apparue la nuit suivante. Comme s'il avait besoin d'enfouir ses mauvais souvenirs derrière quelque chose qui tenait du merveilleux.

« Y avait plus d'arbres, plus d'animaux, plus de vie. Alors des fleurs, vous pensez bien. Elle avançait dans l'obscurité, s'accroupissait, ramassait une douille et la mettait dans la gibecière qui lui cognait les cuisses à chaque pas. Je ne sais pas comment elle faisait pour pas se faire tirer dessus. À croire que les Allemands la voyaient pas. On disait qu'ils pouvaient pas la voir parce que la lune ne l'éclairait que de notre côté. C'est pour ça qu'on l'appelait "la Fille de la Lune". Y en a qui affirmaient qu'elle ne vivait que la nuit. Le jour, elle disparaissait. Elle se volatilisait. On ne savait jamais comment elle arrivait là. On jetait un œil par-dessus le parapet et elle était là. »

2

C'est un matin de 1925 que ça a commencé.

On a toqué à ma porte pour me donner un pli. Un nom, l'adresse d'un restaurant et une phrase pour me signifier que Blanche Maupas en personne m'avait recommandé.

Voilà que j'étais convoqué par une dénommée Joplain, Jeanne de son prénom. Pas plus d'indications. Ma pension était maigre, mes enquêtes peu rémunératrices et j'avais un loyer à payer. Je n'avais plus trop les moyens de me formaliser.

Je ne connaissais pas de Jeanne Joplain et le nom du restaurant ne m'évoquait rien. L'adresse, en revanche, laissait penser qu'il allait falloir que je soigne un minimum ma tenue. On ne peut pas dire que j'avais la mise la plus élégante de la capitale. J'avais passé tellement de temps à arpenter les cimetières militaires, les villes détruites aux clochers défoncés, les villages éventrés, les anciens hôpitaux et les asiles de campagne que j'avais perdu l'habitude du fer à repasser et du col amidonné.

En bas de chez moi, j'ai pu trouver une gueule

cassée pour cirer mes chaussures. Je le connaissais un peu. Aussi peu qu'on puisse connaître quelqu'un qui a du mal à articuler et qui ne vous regarde pas dans les yeux. La première fois que je l'avais aperçu, j'avais eu un mouvement d'effroi. On ne s'habitue pas à ces absences de visage. En manière d'excuses, j'avais levé mon moignon. Il avait haussé les épaules. Il s'en foutait de mon moignon. Je me suis senti stupide. Évidemment qu'il aurait volontiers échangé nos blessures.

Il était là tous les mardis et jeudis. Le reste du temps, il allait dans d'autres quartiers. Il était toujours flanqué d'un accordéoniste aveugle qui jouait ses vieilles rengaines ou racontait en alexandrins des histoires « étonnantes et véritables » de la guerre. Je leur donnais à chacun une pièce pour les chaussures et pour les histoires.

Mes vieilles chaussures faisaient moins miséreuses lorsque je suis arrivé à l'adresse indiquée.

J'avais toujours été impressionné par les grands restaurants. Avant la guerre, je n'en avais pas les moyens. Pendant la guerre, je ne comprenais pas qu'il en existe encore. Comment pouvait-on s'empiffrer alors que les soldats pourrissaient dans les tranchées, le ventre vide, à boire de l'eau croupie ?

Pourtant, allongé sur mon lit d'hôpital, je me promettais qu'à mon retour j'emmènerais Anna dans le meilleur restaurant de la ville et que j'y demanderais le meilleur vin, le meilleur plat et qu'on recommanderait des desserts jusqu'à en avoir la nausée. C'était un rêve confortable. Et puis j'ai pris conscience que je ne pourrais pas couper ma viande tout seul. On m'avait bien collé une prothèse, mais elle me faisait souffrir et elle m'emmerdait à ne pas tenir convenablement.

J'ai appris à me débrouiller sans. Et il y avait toujours une bonne âme pour me venir en aide. Un cuisinier pour me préparer mon assiette, une serveuse pour couper ma viande, un voisin de table pour rendre service.

Néanmoins, le grand restaurant, je n'avais finalement jamais osé. Trop clinquant, trop intimidant.

À peine entré, quelques regards se sont tournés vers moi. Ce n'était bien sûr qu'une impression, pas un client n'a réellement fait attention à moi. Quant au personnel, il m'a accueilli du mieux qu'il a pu.

Je n'étais pas calibré pour ces choses-là. Même cirées, mes chaussures n'étaient pas les bonnes chaussures. J'avais la sensation que tout le monde percevait la couleur de la boue qui avait collé à mes semelles. Mon camarade les avait pourtant brossées avec application. Dessus, dessous, même dedans. Mais rien à faire, elles n'avaient pas l'air de chaussures parisiennes. Ma concierge m'avait dit de ne pas faire d'histoires, que ça irait bien. Je l'avais crue. Jusqu'à ce que je pénètre dans ce restaurant, avec ses lustres, ses nappes immaculées, ses serveurs en livrée et son maître d'hôtel au monocle suspicieux quant à ma chemise mal blanchie, ma vieille veste rapiécée aux coudes et ma lavallière qui n'était pas à la dernière mode.

J'ai bafouillé quelques mots, et le monocle m'a conduit à la table de Jeanne Joplain.

Elle était seule, se tenait droite, les deux mains posées à plat de chaque côté de son assiette. Elle ne m'a pas regardé. J'ai attendu quelques secondes, me suis raclé la gorge. Le monocle a fini par tirer ma chaise tout en prononçant un « Madame... » qui l'extirpa de sa catatonie. Elle me jeta un œil surpris, me fit un étrange sourire peu convaincant et me remercia d'être venu si vite.

Il y avait urgence, m'expliqua-t-elle. Son fils avait disparu à la guerre. Urgence. Neuf ans après sa disparition. Elle ne remarqua pas mon étonnement et m'expliqua que son Émile n'avait plus donné de nouvelles depuis 1916. Son dernier courrier avait été envoyé de Verdun. Mais il n'était pas mort, elle en avait la certitude.

Je ne pus réprimer un violent élan de désespoir. Des mères et des femmes de poilus persuadées que leur soldat était toujours vivant quelque part, j'en avais rencontré beaucoup. Beaucoup trop. Il n'y avait rien à faire. Pas de corps, pas de deuil. J'avais mené quelques enquêtes, étais même parvenu à débloquer certaines situations permettant de mettre un nom sur une tombe ici ou là. Mais retrouver un poilu vivant, cela ne m'était jamais arrivé.

Cette conviction en faisait tenir certaines. Elles avaient travaillé comme des damnées pendant quatre années de guerre en s'accrochant à cette idée : il reviendrait. Quand la guerre s'est achevée, la démobilisation a été un sacré bazar. Il ne faut pas croire que tous les hommes sont rentrés faire la fête le 12 novembre 1918. Leur retour a duré des mois et des mois. Des mois de chaos au cours desquels il fallut réorganiser le pays, établir des priorités, mettre en place des convois. Les femmes ont continué à attendre. S'il n'est pas là aujourd'hui, il le sera peut-être demain. Ou après-demain. Et s'il a disparu, c'est qu'il peut réapparaître.

Il y avait eu cette histoire du soldat amnésique. J'étais allé le voir. Quand le ministère des Pensions avait fait paraître sa photo dans les journaux, ça avait été le branle-bas de combat. Tout le monde le revendiquait. Rien que parmi mes clientes, il y en avait deux qui le voulaient pour elles. J'avais eu beau leur répéter que ça ne pouvait pas être lui, qu'il ne correspondait pas à la description, il avait fallu que j'aille le vérifier de mes propres yeux.

Ce soldat avait été retrouvé en février 1918, errant dans la gare des Brotteaux, à Lyon. Sorti d'un de ces trains des éclopés qui ramenaient d'Allemagne les prisonniers aveugles, fous, mutilés, les prisonniers dont on était sûr qu'ils ne participeraient plus à la guerre. Lorsqu'on l'avait interrogé, on s'était aperçu que le pauvre bougre n'avait rien gardé dans sa fichue caboche. Rien de rien. Il murmurait son nom : Anthelme Mangin. Sauf qu'il n'y avait aucun Anthelme Mangin dans les registres de l'armée. Le gars était passé dans un ou deux services psychiatriques et avait fini par atterrir à Rodez.

C'est là que je suis allé le trouver. Sacré voyage depuis Paris, mais ça me faisait du bien de voir des terres qui n'avaient pas souffert des combats.

Ici, la guerre était enfermée à l'hôpital. Un concentré de peurs et de souffrances perdu dans le paysage le plus calme qui soit : il y avait les grands traumatisés, ceux qui ne bougeaient plus, ceux qui répétaient mille fois les mêmes gestes, ceux qui se blottissaient sous leur lit quand l'orage faisait claquer les volets.

Le médecin m'avait confirmé toute l'histoire. Il avait sorti une énorme pile de courrier. « Voilà les lettres de ses femmes, de ses sœurs, de ses frères, de ses oncles. J'essaie de répondre à toutes. Le problème, c'est que depuis le 11 novembre Mangin n'est plus militaire, il n'a plus de solde. »

Le ministère des Pensions refusait de le prendre en charge, étant donné que les pensions étaient nominatives et que Mangin n'avait pas d'identité officielle et reconnue. Autant dire que le département faisait pression pour qu'on lui retrouve rapidement prénom, nom et numéro de matricule, parce qu'il commençait à coûter cher, le p'tit amnésique. En février 1922, on avait affiché son visage partout. On voulait retrouver sa famille. Sauf que des familles qui rêvaient de retrouver leur soldat, il y en avait un sacré paquet. Je n'étais pas le premier à faire le déplacement en Aveyron. Il y avait des centaines de personnes qui le voulaient à domicile, le Mangin. Et encore, ça aurait pu être pire : des disparus de la guerre, il y en avait deux cent cinquante mille. Des corps qui n'étaient pas rentrés, des broyés des tranchées, des qui avaient explosé, des qui avaient été enterrés sous des pluies d'acier et de boue.

Dans le cas présent, pour moi, il n'y avait pas débat, le Mangin n'appartenait pas à mes clientes : pas la bonne taille, pas la même morphologie, pas les yeux de la bonne couleur. Et j'avais le papier signé par le médecin pour le leur certifier.

Il a fallu attendre 1938 pour qu'on rende à Anthelme Mangin sa véritable identité – Octave Monjoin – et qu'on le remette à son frère et à son père. Comble de l'ironie, frère et père sont morts dans les semaines qui ont suivi son retour et Mangin croupit aujourd'hui à l'hôpital Sainte-Anne.

Cette histoire du soldat inconnu vivant avait déchaîné les rêves et les fantasmes. Il existait donc ici ou là, dans un hospice, dans un hôpital, dans un couvent ou errant au bord des chemins, des poilus amnésiques qui n'attendaient qu'un signe de leur famille. Ça représentait un stock de tendresse laissé à l'abandon, et pour lequel on était prêt à se battre.

La mère Joplain allait donc me payer parce qu'elle avait une certitude. Ce n'était pas la première. L'honnêteté me poussait à lui expliquer – ce que je faisais à chaque fois – que les chances de réussite étaient minimes, voire égales à zéro. Elle a balayé la phrase d'un revers de main. « Il est vivant. »

Je la questionnai, lui demandai si elle avait des

raisons d'être aussi affirmative. Avait-elle reçu un courrier, entendu quelque chose, un compagnon de régiment l'avait-il informée de quelque élément propre à relancer son optimisme ?

« Il est parti trop jeune pour mourir. »

Certes. L'argument se tenait et c'était le cas pour quelques centaines de milliers de soldats. Mais ça ne constituait pas le début d'une piste.

3

J'activai mes réseaux, postai quelques lettres, pris des rendez-vous, préparai mes voyages.

Il me fallut moins d'un mois pour récupérer les premiers éléments et retrouver la trace d'Émile Joplain.

On ne pouvait pas dire qu'il était resté au chaud. Engagé dès 1914, il avait été des premières attaques à l'Est, avait participé au repli général orchestré par Joffre, passé la Marne avant la contre-offensive. Puis la course à la mer, à pied, toujours à pied, sinon ce n'était pas drôle. Le grand classique du soldat en 14. Jusque-là, le fil avait été facile à remonter. La mère Joplain m'avait communiqué ses régiment, bataillon et compagnie, « au cas où ça pourrait m'aider ». Pour trouver la section et l'escouade, ça m'a pris un peu plus de temps. Il faut dire qu'il y avait eu du mouvement. Et pas uniquement géographique. En ce temps-là, ça décanillait lourdement et il fallait renouveler les hommes.

Rien que dans ma demi-section, sur les trente soldats d'origine, il n'en restait que douze lorsque je l'ai quittée.

J'ai procédé comme j'en avais l'habitude. Quand la

paperasse a eu fini de me raconter son histoire, je me suis tourné vers l'humain. Il y avait quatre survivants de la première escouade de Joplain. Je leur ai écrit et j'ai attendu, poursuivant mes autres affaires en cours.

La première réponse que j'ai obtenue venait d'un certain Jean Moriceau. Il m'écrivait qu'il avait bien connu Joplain, mais que certaines choses ne se couchaient pas par écrit. Il se tenait néanmoins à ma disposition.

J'ai pris un train et j'ai marché jusqu'à un joli petit village qui venait d'inaugurer un joli monument aux jolis morts de la jolie guerre. Il en fleurissait partout. C'était à qui aurait le plus beau, le plus grand, celui avec le plus de noms. J'avais même entendu des histoires de villages qui se battaient pour savoir à qui appartenaient les morts. Des paysans qui avaient habité entre deux communes et qui étaient devenus importants grâce à leur dépouille patriote.

Moriceau habitait du côté de Melun. C'est son épouse qui m'a ouvert la porte. Sans sourire ni rien. Pas même un petit mot. Un peu gênée. Son regard avait du mal à me fixer. Lorsque j'ai passé le seuil, ses lèvres se sont à peine desserrées pour laisser filer un « Faites pas attention à… ». Je n'ai pas entendu la suite et je ne jurerais pas qu'il y en ait eu une. Faites pas attention au désordre, à l'odeur, au bruit, à ma tenue, à la cuisine ? Alors je n'ai pas fait attention. Je lui ai fait signe de rien. Un drôle de signe que le signe de rien. Un hochement de tête, un léger mouvement des paupières.

L'homme est apparu avec deux gamins qui devaient pas avoir dix ans. Des enfants de la paix. Il m'a salué et a demandé à femme et enfants de s'éloigner. « Les choses de la guerre, vous comprenez… » Après un silence, il s'est tourné vers moi, visiblement gêné : « Pourraient pas comprendre. »

Il n'était pas du genre à mettre des pronoms dans ses phrases, Moriceau.

Il s'est assis, les yeux dans le vague. Il tapotait nerveusement les doigts de sa main gauche contre le bois de la table.

J'avais l'habitude, la plupart étaient comme ça. D'autres débordaient de paroles. « À vous, on peut bien le dire. » Je crois que j'ai entendu toutes les histoires qu'ils n'en pouvaient plus de garder pour eux. Tout ce qui venait hanter leurs nuits et qu'ils désiraient épargner à leur famille.

Le robinet gouttait dans une casserole. Moriceau s'est excusé pour l'odeur. Sa femme avait fait la cuisine. L'aurait bien aidé, mais… Plutôt que d'achever sa phrase, il m'a montré son bras droit, coupé à hauteur du coude. « Souvenir de la guerre. » Il prenait le temps, tournait autour du pot, regardait la mouche qui voletait au-dessus de la casserole.

« J'aime pas les mouches. Avant, je m'en foutais, faisaient bien ce qu'elles voulaient, c'était leur problème. Pouvaient même venir se servir dans l'assiette quand on avait fini, j'en avais rien à fiche. Mais j'en ai trop vu dans les tranchées. Partout. Sur mes copains. Parfois, c'est même grâce aux mouches qu'on… »

Il a laissé sa phrase en suspens.

« Savez, à la ferme, c'est pas ce qui manque, les mouches. Y en a partout, tout le temps. C'est comme ça, ça fait partie du décor. Et ici on a encore la chance d'en avoir un, de décor. Suis passé par des villages où y en avait plus. Sais pas comment ils vont tout reconstruire. C'est plus mon affaire, mais quand même, j'y pense à ces fermiers qui doivent recommencer sur des trous d'obus. C'est pas possible. On plante pas sur des morts. Rien de bon pourra plus sortir de cette terre. Tout est maudit. Les maisons, les granges, c'est que des pierres, ça se reconstruit.

« La terre, c'est pas pareil, c'est plus complexe, c'est vivant. Là, elle est gorgée de ferraille, de poudre, elle a respiré les gaz, elle a bu trop de sang, elle a touché la mort. Tellement de corps qu'on a jamais retrouvés. Se sont pas envolés. Sont toujours là. En dessous. Et on veut replanter par-dessus ? Ça sera sans moi. C'est un cimetière géant, brûlé. Quand on est revenus, on a traversé des villages sans même s'en rendre compte. Partout le chaos, des murs abattus, des clochers arrachés, des écoles envolées, des charpentes calcinées. Savez, comme dans la chanson de l'aut', Debussy. Le *Noël des enfants qui n'ont plus de maison* : "Ils ont brûlé l'école et notre maître aussi, ils ont brûlé l'église et monsieur Jésus-Christ." Et dans la chanson, parlent pas des cendres jusqu'en haut des chevilles. Valait mieux pas savoir ce qu'y avait dessous. Le feu, c'est pire que tout, ça laisse aucune chance. »

Je le laissais parler. Il était à présent complètement immobile. Ses yeux avaient pris la couleur des cendres qui continuaient à le hanter. Et puis il s'est tu.

J'ai attendu. Nous en avions besoin lui et moi. Je crois que nous refaisions le chemin. Ce drôle de retour qui nous avait reconduits chez nous. Un chez-nous qu'était plus vraiment un chez-nous, qui était différent parce que nous ne le regardions plus de la même manière. Il y avait les bras ouverts sur les quais de gare, les cris de joie, les bouteilles débouchées. Les fêtes partout, les fêtes tout le temps. Et les rires.

Il avait suivi mes pensées :

« Vous aussi, ça vous est arrivé d'avoir honte de rire ? Z'avaient organisé un bal dans la salle des fêtes, là, juste derrière la mairie. Tout était parfait. On dansait, on chantait, on se prenait par-dessous les bras. Comme avant, quoi. J'étais heureux. "Tout le monde est là" que je me suis dit. Et puis, je me le suis redit : "Tout le monde est là", et ça faisait moins de monde qu'il y a cinq ans. Sacrément moins de monde. Alors j'ai eu honte de ma danse, honte de mes rires et honte de ma joie.

« Ma femme me dit qu'elle me reconnaît plus, que je suis devenu taciturne. »

Sa femme reparut, une théière fumante à la main.

Il a semblé ne pas la voir et m'a parlé des poètes qu'il avait croisés. Il les avait bien écoutés. Pourtant, la poésie, ce n'était pas son truc. N'avait jamais trop eu le temps pour la rimaille, comme il disait. Mais quand même.

Il avait croisé Apollinaire sur le front de Champagne. Il n'avait pas osé l'approcher de trop près. Trop impressionné. C'est que le Guillaume était une sorte de vedette. Il écrivait ses lettres à son amoureuse. Ou sa fiancée ou sa maîtresse, il ne se souvenait pas très bien. Il le voyait écrire et il le voyait se battre. Comme les autres, il avait fait son devoir.

C'est ce qu'il m'a dit.

« Et le Joplain – enfin, il y venait –, l'était plutôt dans le genre de l'Apollinaire. L'écrivait, écrivait, écrivait. L'était plus fort avec son crayon qu'avec son Lebel. Se réveillait avec de la poésie dans la plume. Un amoureux. Y en avait des amoureux dans les tranchées, ça manquait pas. On était tous amoureux. Et ceux qu'avaient pas d'amoureuse, on leur a donné une marraine de guerre. C'est pas une bonne idée, ça ? La guerre, c'est avant tout l'absence des femmes. Quand tu meurs, t'appelles ta mère. Quand t'es seul, t'écris à ta femme. Eh ben, le Joplain, l'en avait plein la bouche de son amoureuse. L'en parlait tout le temps, comme quoi z'allaient se marier à la fin de la guerre. J'crois même qu'ils avaient prévu de s'en aller aux Amériques. »

Un voyage en Amérique ? Je lui ai demandé s'il pouvait m'en dire plus. Il m'a regardé en chassant une mouche invisible. Plus sur quoi ? Il en savait fichtrement pas plus. Et puis Joplain avait changé d'escouade, il savait plus pourquoi. Peut-être parce qu'il savait parler allemand. Ou russe, il était plus sûr. À moins que ce ne soit italien. En tout cas, c'était une affaire de langue. À moins que…

Il s'est retourné pour vérifier que nous étions bien seuls et il m'a murmuré : « Les mères et les femmes, ça suffit pas toujours. Pas quand tu passes quatre ans dans la boue et dans la merde. Le cœur, faut le faire battre. Tout le monde était en manque d'amour, en manque de tout, mais surtout d'amour. Et ça nous rendait fous. Le bruit. La peur et la privation de sommeil. Y en a qui désertaient uniquement pour retrouver leur femme. Et si c'était pas la leur, ça faisait bien l'affaire. On aimait bien s'raconter ces histoires de cœur et de fesses, ça nous faisait un peu de convivialité. Y avait des spécialistes, des fanfarons qui avaient soi-disant mis tout Paris dans leur lit ! J'en ai même connu qui disaient qu'ils avaient fait l'amour à la Fille de la Lune. Vous en avez entendu parler, j'imagine. »

Évidemment que j'en avais entendu parler de cette Fille de la Lune qui revenait sans cesse dans les récits des soldats. Pour lui, cette fille c'était un mythe, une histoire que les hommes se racontaient parce qu'ils étaient minés par leur solitude affective. « Quatre ans dans la boue et des permissions qui venaient jamais, et quand elles venaient, z'étaient trop courtes. Et on avait changé. On était plus les mêmes. On pensait aux morts et aux mouches. Tout le temps des morts. Tout le temps des mouches. »

La Fille de la Lune, il connaissait des gens qui l'avaient vue. Tant mieux pour eux. Il connaissait aussi des gens qui étaient allés sur la Lune. Depuis les tranchées.

J'avais à peine franchi la porte qu'il m'a retenu et m'a chuchoté que ce n'était pas vrai pour Apollinaire. Il ne l'avait jamais vu. Il racontait ça parce qu'il aurait bien aimé le croiser, ça lui aurait fait une histoire jolie à raconter. Il avait rencontré un soldat qui l'avait vraiment vu en Champagne. C'est de lui qu'il tenait ce souvenir. Lui, il n'avait vu que des mouches.

La nuit était tombée depuis longtemps lorsque je suis arrivé dans mon appartement de Montmartre, toujours agacé à cause de Jeanne Joplain qui n'avait pas jugé utile de faire mention de la fiancée de son fils.

4

Émile Joplain écrivait à son amoureuse. Des comme lui, il y en avait des centaines de milliers dans les tranchées. Trouvez l'amoureuse et vous aurez le soldat.

Moi, j'avais rencontré Anna deux ans avant la guerre. Nous nous disputions souvent. Nous n'étions pas toujours d'accord. Ça criait volontiers. Mais on s'aimait. On s'est fiancés, on s'est installés et on allait se marier. Ce n'était pas tout à fait le bon ordre, mais ça nous allait. Quand j'étais parti, en 14, je lui avais dit que je lui écrirais une fois par semaine. Elle m'avait fait promettre.

On a tous une histoire d'amour intense, forte, dévorante. Une qui a tout emporté sur son passage et qui ne s'est pas finie, ou qui n'a jamais eu lieu parce qu'elle n'était pas réciproque. Une qu'on n'a pas osé déclarer, une qu'on a gardée pour soi parce qu'on avait peur. Et même quand tout se passe bien, on a encore peur : que l'intensité s'en aille, que la passion se soumette comme un animal sauvage à qui on aurait appris à lever la patte. La passion ne donne pas la patte, elle te la met dans la gueule. Et quand tout va bien, on cherche des noises, on va au conflit sans savoir pourquoi, alors que la réponse est simple : faut que ça bouge, faut que ça brûle, faut que ça pète. Pas tout le temps, mais parfois, juste pour permettre au sang de faire un tour et de revenir. Juste pour voir si on a encore des larmes, si les cris peuvent encore sortir ou s'ils restent bloqués au fond de notre gorge.

Quand je suis revenu de la guerre, il me manquait une main. Il y avait Anna et je ne demandais rien de plus. Nous nous sommes redécouverts. Je n'étais plus le même. Elle n'était plus la même. L'amour était plus grand.

Avant-guerre, je travaillais à la Compagnie générale parisienne de tramways. J'étais un bon conducteur. Il ne suffisait pas de se tenir dans la cabine et de suivre les rails. Si vous ne voulez pas secouer les passagers comme une salade dans une essoreuse, il faut avoir un certain doigté. En 14, c'était un sacré foutoir et mon Anna s'est retrouvée sans ressources ou presque. J'ai pu écrire à mon ancien patron, qui m'avait à la bonne. C'était pas gagné, ils n'étaient pas habitués à voir des femmes conduire. Et d'après ce que j'ai compris, mon Anna se débrouillait plutôt pas mal.

C'est un de mes grands regrets : j'aurais tellement aimé être dans son tram, juste une fois. Pour lui montrer à quel point j'étais fier d'elle.

Après-guerre, ça a été plus compliqué. Les hommes revenaient et ils comptaient bien reprendre leur boulot. Pour ma part, il a fallu que je trouve autre chose. La compagnie trouvait qu'un conducteur manchot, ce n'était pas rassurant pour les passagers. Quant à Anna, elle a fini comme la plupart des autres femmes : reléguée à une tâche subalterne. J'ai bien tenté d'aller plaider sa cause, mais je ne faisais plus partie de la société. Et quels étaient mes arguments face aux poilus qui avaient bien mérité de retrouver leur ancienne place ?

Pour tirer cette histoire de fiancée au clair, je me suis rendu directement chez Jeanne Joplain.

Un majordome m'a ouvert la porte. Jeanne Joplain vivait dans un monde très éloigné du mien. J'osais à peine m'asseoir. J'aurais bien aimé raconter que ça puait l'argent et le luxe. La vérité, c'est que ça sentait bon l'argent et le luxe. Je n'y étais pas à mon aise, mais force était de constater que c'était aménagé avec un bon goût évident. Tout était bien à sa place, tout était comme il fallait. Moi, j'étais la tache de suie, le désordre. Je me sentais comme dix ans auparavant, quand j'étais soldat et que les officiers passaient sans nous voir, qu'ils nous envoyaient à la charge comme si nous étions des pions parmi d'autres. Dans le salon des Joplain, c'était exactement cela : j'étais face à un monde parfaitement ordonné, et je devais contribuer à le faire perdurer, sans occuper trop d'espace.

Un obus a dû éclater non loin de moi, car j'ai repris mes esprits et je me suis assis sur le canapé sans attendre son autorisation. C'était un truc que j'avais appris. Pour avoir des informations auprès de certaines personnes, ne pas attendre les autorisations : attaquer.

J'ai bien noté, au tremblement de sa lèvre supérieure, qu'elle n'était pas ravie. Elle s'est certainement demandé où j'avais pu traîner mes guêtres et dans quel état elle retrouverait son canapé. Je ne serais pas étonné qu'elle ait convoqué un tapissier immédiatement après mon départ.

Profitant de son trouble, je l'ai mitraillée de questions. Au début, elle ne répondait pas, feignant de ne rien savoir. Non, son fils n'avait pas eu de fiancée, pas à sa connaissance, rien de rien, la femme de sa vie, c'était sa mère, sa chère mère.

« Vous ?

— Oui, moi.

— Bah, ça alors.

— Qui d'autre ?

— Et il vous écrivait souvent ?

— Oui, tous les jours.

— Tous les jours ?

— Tous les jours.

— Tous les jours !

— Oui, tous les jours.

— Tous les jours… »

J'aurais pu faire durer le plaisir des variations, mais je n'étais pas sûr de gagner à ce petit jeu qui ne permettait guère à mon enquête d'avancer de manière flagrante. Pour le plaisir de l'agacer, je relançai juste d'un coup, tentant un regard martial.

« Tous les jours.

— Tous. Les. Jours. »

Mon regard martial n'avait pas l'air d'effrayer le moins du monde Jeanne Joplain.

J'allai finalement droit au but et lui demandai ces

lettres. Mobilisé en 14, disparu en 16, ça laissait trois années d'échanges postaux. Disons, à la louche, et en prenant soin de décompter les jours où il y avait trop d'ennemis à massacrer pour prendre le temps de gérer une correspondance, un bon millier de lettres. Un bon millier de lettres qui s'étaient manifestement perdues, puisque la Joplain ne parvenait pas à remettre la main dessus.

Pourtant, je savais qu'elle disait vrai sur un point : son fils écrivait tous les jours. Moriceau me l'avait confirmé.

Je passai derechef du regard martial au regard accusateur. Sans plus d'effet. Je dus la menacer d'abandonner cette enquête qui n'avait aucune chance d'aboutir si elle refusait de m'en communiquer les éléments.

Mme Joplain poussa un petit cri aigu que j'interprétai comme l'aveu d'une faille. Je restai silencieux, tout en me dirigeant vers la porte d'entrée, le plus lentement possible, de peur de voir la faille se refermer à jamais. « Attendez ! — Non, je m'en vais. — Non ! — Si. — Non ! — Si. »

Notre mode de communication était assez basique et nécessitait un vocabulaire tout à fait sommaire.

Elle m'avait suivi dans le couloir, la main crispée sur un mouchoir blanc qu'elle n'avait pas lâché depuis mon arrivée. Je connaissais ce regard. Je l'avais vu, tellement vu. Davantage qu'un regard, il s'agissait d'un masque. Celui de la peur qui aplatit les traits et ouvre grand les yeux. Elle était terrorisée à l'idée que j'abandonne l'enquête. Instinctivement, je voulus la rassurer, lui dire que j'allais persévérer, que j'allais y arriver. Je me retins néanmoins.

Ne pas me laisser gagner par l'émotion.

Nous nous faisions face, dans le couloir. Les mots butaient contre ses lèvres, ses mains tremblaient, sa poitrine se soulevait, prise de hoquets.

« Il y avait bien la petite Lucie. Une Alsacienne. Mais c'était il y a longtemps et elle ne l'intéressait plus. Laissez-la où elle est. »

5

La mère Joplain n'avait pas pu m'en raconter davantage. C'était au-dessus de ses forces. Moriceau m'avait dit qu'il parlerait de moi à ses camarades – « des bons gars dans l'ensemble » –, dont un lieutenant dénommé Paul Macaret.

Je n'aime pas les règles générales, mais il faut avouer que les gradés que je rencontrais préféraient parler de courage et d'héroïsme plutôt que de peur et de lâcheté. Ils n'allaient pas me raconter que c'était facile, que ça avait été une gentille partie de campagne. Ils savaient que j'y étais passé, et j'étais assez peu enclin à me laisser jouer un air de pipeau.

Pourtant, même chez eux, l'incompréhension était prégnante. Les ordres, les offensives inutiles, les plans immanquables. La Somme, le chemin des Dames. Pourquoi tout cela n'avait-il pas fonctionné ? La faute à la météo, la faute au matériel, la faute aux soldats mal entraînés, la faute à pas de chance. Des semaines, des mois, des morts par centaines de milliers pour avancer de dix mètres ici, reculer de cinquante là.

Ils étaient perdus les officiers, ils ne comprenaient plus les règles. Ils ne le disaient pas, bien sûr. Je le voyais dans leurs yeux, dans leurs haussements d'épaules : ils ne comprenaient plus les règles. Avant, c'était facile : on chargeait. On l'emportait ou on perdait. Avec les tranchées, les soldats se sont transformés en rats. Il n'y avait plus ni gagnants ni perdants. Des rats. Des rats allemands, des rats français. Et des anglais, des canadiens, des italiens. On venait du monde entier pour se transformer en rats.

Mais ce qui leur plaisait, c'est que, malgré tout, on était ensemble. On était une force. On détestait les Boches. Heureusement qu'on les détestait. Sinon comment on aurait fait pour tenir ? Tout ça pour rien ? Non, tout ça pour rien laisser aux Boches. Alors on les insultait, on leur donnait des petits noms affectueux. Et quand on voyait passer un prisonnier, on le regardait avec mépris en se demandant lesquels de nos camarades il avait tués.

Certains les insultaient. D'autres leur parlaient. Moi, j'évitais. Ils nous ressemblaient trop. Et puis ça se voyait qu'ils étaient perdus, qu'ils avaient peur, qu'ils étaient fatigués, qu'ils avaient des poux tout comme nous. Je ne voulais pas prendre le risque de les trouver sympathiques. Si on avait su qu'un Boche c'était rien qu'un Français qui parle allemand, on aurait eu du mal à continuer à leur tirer dessus.

Je suis donc arrivé chez Paul Macaret. Il s'était présenté comme le meilleur ami de Joplain. Des meilleurs amis dans l'armée, il y en avait un paquet. Ça ne voulait plus dire grand-chose, le meilleur. Le meilleur ami mourait, on en trouvait un autre, fallait bien un peu d'amitié quand on était privé d'amour.

Macaret n'était pas du genre populaire. Il m'a reçu façon Mme Joplain. Des grands airs et des hauts cols. La cravate qui va bien et les souliers qui brillent. S'il ne vivait pas dans un palais, sa maison était cossue et aménagée avec goût. L'absence de ma main a eu l'air de le satisfaire.

« Verdun ? La Somme ? »

Sa question n'en était pas vraiment une. Il a enchaîné directement.

« Alors vous enquêtez sur le p'tit Joplain. Un brave gars. Un romantique, n'est-ce pas. Pas un jour sans manier la plume. Et ses lettres... J'aurais bien aimé la rencontrer, sa belle Alsacienne. Lucie. J'aimais bien quand il lui écrivait. Il savait qu'il ne pouvait pas lui envoyer ses lettres, rapport au fait qu'on ne pouvait pas écrire en Alsace, n'est-ce pas. Mais il y avait du bonheur sur son visage, malgré tout.

« Ça explosait de partout, et lui il souriait.

« Dans sa tête, il était avec Lucie, n'est-ce pas. Il m'a dit qu'il lui écrivait des poèmes. Un peu comme Apollinaire ou Eluard. Des amoureux, n'est-ce pas. Ah, les poètes ! Joplain les aimait bien. Il aurait aimé les rencontrer. Il pensait aux poètes et à sa Lucie. Quand les hommes étaient fatigués, il nous disait qu'il fallait continuer. Pour protéger Lucie. Cela nous amusait beaucoup. Il pleuvait des bombes et ce qui le faisait souffrir, c'était l'absence de sa fiancée. Ah ça, l'Alsace, il voulait la reprendre ! Quand il montait au créneau, c'était pour protéger sa Lucie.

« Et ça explosait partout autour de nous.

« Pardon, faut pas hésiter à m'interrompre. Je n'entends plus rien. À cause des bombes, n'est-ce pas. Elles m'ont rendu, comme qui dirait, sourd. »

Il a tendu la main vers un grand piano à queue :

« Je continue à en jouer, pour le plaisir des doigts. Et j'imagine les notes. Je le faisais déjà dans les tranchées. Une idée de Joplain. Un romantique, je vous dis. Un jour, il a planté des douilles d'obus sur le parapet. Il a dû y passer des jours entiers – faut dire qu'il y avait des moments où on s'emmerdait ferme et il fallait bien s'occuper pour ne pas devenir fou. Les explosions, ça rend fou. Et les silences après, aussi. Quand on n'est pas sûr que les amis soient toujours vivants. Quand on a peur d'être tout seul. Quand on regarde pour vérifier qu'on est toujours bien entier.

« Pour en revenir à Joplain, un matin, il vient me trouver dans ma cagna et me demande de le suivre. Et là, je ne sais pas comment il s'était débrouillé : il avait planté les douilles d'obus de telle façon qu'on avait l'impression d'être face à l'orgue d'une cathédrale.

« Et ça explosait de partout.

« On se faisait marmiter la gueule depuis quatre jours, et lui il avait lustré les douilles pour que ça brille comme dans un lieu sacré, n'est-ce pas. Un orgue aussi vrai que possible, avec de longs tuyaux faits d'obus consciencieusement alignés et des fausses touches constituées de cailloux blancs.

« Je ne devrais pas le dire, mais je n'ai pas pu m'empêcher de pleurer. À vous, je peux bien l'avouer : Joplain m'a redonné du rêve.

« Et ça explosait partout autour de nous.

« Il y avait de la terre qui giclait jusqu'à nos pieds, qui recouvrait une partie de l'orgue. Et lui souriait. Et moi je pleurais.

« Et ça explosait.

« On est restés là, comme ça, debout. Si un jour je me suis approché du divin, c'est ce matin-là. J'ai vu des arbres voler dans le ciel. Vous y étiez, vous savez que je ne plaisante pas, n'est-ce pas. Des arbres entiers qui passaient dans le ciel, les racines apparentes, obscènes. J'ai vu des animaux exploser, j'ai vu des hommes ramasser des morceaux d'eux-mêmes, en nettoyer la boue et tenter de les recoller.

« Ce jour-là, j'ai touché du doigt le sacré, j'vous dis. Et vous savez pourquoi ? Parce que Joplain avait confectionné l'orgue le plus inutile qui puisse exister. Un orgue qui ne fonctionnait pas, bien évidemment. Un orgue qui brillait de mille éclats et qui se faisait recouvrir de terre, de boue et de sang à chaque seconde. Et lui riait de plus en plus fort. Et moi, je pleurais et je riais en même temps.

« Et ça explosait partout autour de nous.

« On entendait des cris. Il y avait un sifflet qui stridulait quelque part. Et nous ne bougions pas, on regardait l'orgue se faire détruire, lentement mais sûrement. Sur le moment, j'ai pensé au *Titanic.*

« Et ça explosait de partout.

« Un cheval est passé juste au-dessus de nous. Il avait le ventre ouvert, n'est-ce pas. Je me souviens que je m'étais demandé comment il pouvait aller aussi vite avec un trou aussi large. Il y avait des éclairs, des obus qui miaulaient au-dessus de nous. Des fracas de métal et de bois. Une partie du boyau dans lequel on se trouvait s'est effondrée. Faut dire que c'était complètement inondé, n'est-ce pas. Des jours qu'il pleuvait et que ça se mélangeait aux larmes des soldats.

« Et ça explosait de partout.

« Devant, derrière, au-dessus. Et nous, on craignait les gaz. On avait les mains qui tremblaient sur les masques. Mais ce jour-là, Joplain et moi on était les rois du monde. Ça pouvait bien exploser tout ce que vous voulez, on était à la fête. On avait notre orgue. Le plus beau que j'aie jamais vu. Et même que les obus explosaient en faisant des notes ! Une vraie symphonie du massacre. J'étais persuadé que c'était la fin, qu'on ne se relèverait pas de tout ça, que c'était le début de l'enfer, qu'on avait trop tué pour mériter quoi que ce soit de mieux. Alors j'ai chanté. Ça explosait et je chantais. Je calais ma voix sur les bombes. Et je hurlais comme je pouvais.

« Et puis ça s'est calmé. Les explosions se sont espacées. Dans nos têtes, on les entendait tout pareil. Elles ont dû s'arrêter bien avant qu'on ne s'en rende compte. Pourtant nos cerveaux continuaient à se faire marteler, inlassablement. Seulement, à un moment, on s'est dit : "Tiens, ils ont arrêté de nous canarder." N'est-ce pas.

« C'est cette nuit-là qu'il m'a raconté son histoire d'amour. Une des dernières choses que j'ai entendues. »

6

C'est en grande partie grâce au récit de Macaret que j'ai pu reconstituer le début de cette histoire.

Ils étaient gamins quand ils s'étaient rencontrés.

Elle était née près de Strasbourg, à Molsheim, à la fin du siècle. Ses parents, Elsa et Lorenz Himmel, étaient français. Enfin, plus sur le papier, évidemment. Français de cœur. Ça ne se disait pas trop. À la maison, ça parlait aussi alsacien. Ce n'était pas une famille riche, c'était le moins qu'on puisse dire. Lui, louait ses bras à des fermiers locaux, des vignerons pour les vendanges, des agriculteurs le reste de l'année ; elle, briquait les sols des salons bourgeois, servante ici puis là. Lucie est arrivée alors que le couple avait déjà du mal à nourrir deux bouches. Ils ont tenu comme ils ont pu, ont travaillé davantage encore. Rentrant le soir toujours plus fatigués, mais toujours heureux.

Ils n'avaient pas les moyens de lui proposer une éducation ambitieuse. Ils espéraient qu'elle deviendrait domestique. Pas grand-chose, mais un début de quelque chose. Au contact de gens bien, elle grandirait.

Et elle aurait sa vie, et pourquoi pas un mariage convenable. Ils tenaient avec leurs espoirs. Leur grande fierté, c'était de lui apprendre le français. Parce que c'était la langue de leurs parents.

Peu après son quatorzième anniversaire, Lorenz et Elsa ont entendu parler d'une bonne place. C'était de l'autre côté de la frontière, dans une grande propriété d'une grande famille avec de grands salons, de grandes chambres aux grandes fenêtres. Lucie en avait rêvé de cet endroit. Quand sa mère lui en avait parlé, elle avait eu l'impression d'écouter un conte. Quitter Molsheim et filer à l'ouest n'avait pas été facile. C'était son premier voyage et elle ne savait pas quand elle reviendrait. Certainement pas avant plusieurs années. Ses parents s'étaient saignés pour l'envoyer là-bas.

Lorsqu'elle était arrivée, c'était exactement comme sa mère le lui avait décrit. Grand et grand et grand. En plus grand encore. Et brillant et doré. Sa tête avait tourné, mais elle était restée droite. Jamais elle n'était entrée dans un endroit aussi beau. Une vieille dame était venue lui ouvrir et l'avait priée de la suivre jusqu'à une chambre qui n'était pas aussi vaste qu'elle l'avait espéré. Elle ne dormit pas la première nuit. Levée bien avant le soleil, elle se mit rapidement au pas. Astiqua, lava, briqua, dépoussiéra, éplucha, repassa, épousseta, rapiéça, rangea, nettoya, frotta, cura, cira, lustra.

Une semaine passa.

Puis un mois.

Et l'été arriva.

Et avec lui, le neveu de la famille. Un certain Émile Joplain.

Il venait passer le mois de juillet au bon air de la campagne. Il avait quatorze ans également. Lorsqu'elle le vit arriver, Lucie baissa les yeux. C'était ce qu'on lui avait appris à faire.

Émile passait ses journées dehors, courant à travers champs, solitaire. Il rentrait tard le soir, crotté et affamé. Il se faisait gentiment disputer par son oncle et sa tante, qui n'avaient pas pu avoir d'enfants et qui le traitaient comme leur propre fils.

Il ne la regardait pas. Il ne la voyait pas.

Mme Joplain arriva quelques jours plus tard, pour le plus grand malheur d'Émile. Assigné à résidence, à subir des heures de lecture, de piano, de récitation, de bonnes manières. S'il parvenait de temps en temps à partir en douce, ses retours étaient houleux.

Et il la vit.

Son cœur s'arrêta, se serra et explosa, détraquant au passage sa montre à gousset, qu'il regarda avec étonnement.

Elle était face à lui, une panière de linge propre dans les bras. Il était là depuis trois semaines et la remarquait pour la première fois. Elle se mit à trembler et partit en courant, manquant de renverser la panière.

C'était le 28 juillet 1907.

Au même instant : l'armée française tirait sur les grévistes de la chaussure à Raon-l'Étape, faisant deux morts ainsi qu'une dizaine de blessés.

On s'attaquait aux finitions du *Lusitania* dans les ateliers de Clydebank, en Écosse.

Bertha Krupp, enceinte de son premier enfant, mettait ses mains sur son ventre rond de huit mois, à Essen, en Allemagne.

Frida Kahlo fêtait sa vingt-deuxième journée de présence dans l'humanité, à Coyoacán, au Mexique.

Louis Lumière s'apprêtait à industrialiser son nouveau procédé autochrome de photographie en couleurs.

Le cycliste Lucien Petit-Breton, récent vainqueur de la première édition de Milan-San Remo, fonçait pour gagner la onzième étape du Tour de France reliant Bordeaux à Nantes.

Un merle noir grignotait son troisième lombric de la matinée, se disant que ce n'était pas raisonnable mais qu'on n'avait qu'une vie.

Une feuille de chêne chutait, parce qu'après tout l'automne viendrait, à quoi bon attendre ?

Et donc, Émile Joplain tomba amoureux de la dénommée Lucie Himmel.

Il faisait beau, il faisait doux. Et tant pis pour la montre à gousset.

J'ai par la suite retrouvé d'autres témoignages me permettant de combler les manques du récit de Macaret. C'est notamment auprès d'un certain Richard Létoile que j'appris que Lucie avait tenu à garder ses distances – elle savait ce qu'il pouvait lui en coûter si elle se laissait séduire.

Joplain avait raconté son histoire à Létoile au cours de l'interminable marche qui les avait menés à Verdun. « Il tombait des cordes, on marchait depuis des jours sans trop savoir où on allait, on avait les pieds en sang… et Joplain me parlait de son adolescence à la campagne ! »

Ce premier été, Lucie et Émile ne s'étaient pas parlé. Ils osaient à peine se regarder, et si leurs yeux se croisaient, ce n'était que le temps du dixième de seconde nécessaire à les détourner. Dans le secret de leur chambre, ils pensaient l'un à l'autre. Lucie se demandant si tout cela n'était pas trop dangereux. Émile cherchant à tout prix un prétexte pour établir un contact avec la jeune servante. Quand le temps fut venu de retourner à Paris, Émile, valise à la main, en bas du grand escalier du jardin, scruta en vain le fond du couloir. De son côté, Lucie, de sa fenêtre, contempla l'adolescent, qui paraissait perdu.

Une année passa. Interminable pour l'un comme pour l'autre.

Émile écrivit des poèmes qu'il déchira.

Lucie écrivit des lettres qu'elle déchira.

Ils se retrouvèrent au mois de juillet 1908. Ils se parlèrent enfin et, ne parvenant pas à faire semblant de ne pas être follement amoureux, ils échangèrent leur premier baiser. Ce fut un été merveilleux, marqué par des rendez-vous secrets et des instants volés. L'arrivée de Jeanne Joplain obligea le jeune couple à redoubler d'efforts pour être discret.

Une nouvelle année passa. Interminable pour l'un comme pour l'autre.

Émile écrivit des poèmes qu'il garda précieusement dans une boîte en fer.

Lucie écrivit des lettres qu'elle garda précieusement dans une boîte en bois.

Bois et fer se retrouvèrent au mois de juillet 1909.

Lucie et Émile se retrouvèrent au mois de juillet 1910.

Émile et Lucie se retrouvèrent au mois de juillet 1911.

Émie et Lucile se retrouvèrent au mois de juillet 1912.

Émice et Lulie se retrouvèrent au mois de juillet 1913.

Leur vie n'était que juillet. Le reste de l'année n'existait pas, n'avait pas d'intérêt, n'était que torture, solitude et malheur.

Pour le reste, les versions de Macaret et de Létoile étaient identiques à peu de chose près : c'est lorsque Émile et Lucie eurent dix-neuf ans (selon Macaret) ou vingt ans (selon Létoile) que Jeanne Joplain eut vent de l'idylle, qui ne l'enchanta guère.

Les poèmes d'Émile furent retrouvés. La maisonnée s'accorda sur un point : ils étaient mauvais, ridicules et insultants pour la famille. Il n'était pas concevable que le jeune Émile Joplain, fils de Raymond Joplain, riche industriel mort au travail, passât son temps à écrire des vers pour une domestique.

Inutile de préciser que la servante, qui jusque-là avait été « la petite Alsacienne », était devenue « la

Prussienne» et que, à bien y regarder, elle avait les traits épais et les yeux sournois. Peut-être d'ailleurs aurait-on dû vérifier qu'elle ne mettait pas de poison dans les plats, même en quantité infime, pour tuer à petit feu une bonne famille française.

Dès lors, Lucie vécut un véritable enfer, reléguée aux tâches les plus ingrates. On tenait à l'éloigner au maximum. Quant aux séjours d'Émile, ils se firent plus courts et plus monacaux. Il y avait une entreprise à reprendre et les livres de comptes lui seraient plus utiles que des recueils de mauvaise poésie.

Il en aurait fallu plus pour décourager les amoureux. On n'est pas sérieux quand on a dix-sept ans, on ne l'est pas davantage quand on en a vingt et que l'on est habité par la flamme de la passion. Le mois de juillet 1913 fut marqué par des nuits courtes, très courtes, trop courtes. Lucie finit par s'endormir à la tâche. On la renvoya dans son Alsace natale. Bon débarras.

Émile s'accusa, c'était sa faute, tout était sa faute. Ce discours n'intéressa pas sa mère : «Tut-tut-tut, reste digne, mon enfant, ne te salis pas pour une servante. Ils veulent l'Alsace et la Lorraine, qu'ils les gardent.»

C'est ici que Macaret et Létoile ne sont plus totalement d'accord.

Selon le premier, n'est-ce pas, Émile aurait fugué. Il aurait pris les chemins de traverse et aurait rejoint Strasbourg pour retrouver Lucie.

Selon le second, c'est elle qui aurait pris la route de l'ouest pour retrouver Émile à Paris.

Toujours est-il que les amants – il semble qu'il y ait eu rapprochement des corps au moment où l'on avait décidé que l'on devait séparer leurs âmes – parvinrent à se retrouver sans que personne le sache. Ce qui, si cela est exact, tend à valider dans un premier temps la version de Létoile : on imagine mal une fugue d'Émile passer inaperçue, Molsheim n'étant pas à proprement parler la banlieue parisienne. Lucie et Émile se précipitent dans les bras l'un de l'autre, vivent un amour caché et incandescent. Une passion que rien ne pourra jamais éteindre.

Au mois de janvier 1914, Émile a vingt et un ans, il devient majeur. Il a déjà un plan – là-dessus, Macaret et Létoile sont à l'unisson : il va partir aux États-Unis d'Amérique, faire fortune pourquoi pas, mais surtout vivre son amour au grand jour. Il termine son année de droit, ça peut toujours servir. La traversée est prévue pour l'automne, le temps de ramasser quelques billets ici ou là.

Je me souviens du moment où Richard Létoile m'a raconté cette histoire de voyage. Nous étions dans un café particulièrement bruyant. Il m'a expliqué par la suite qu'il passait sa vie dans des endroits bruyants. Depuis la fin de la guerre, le silence l'angoissait, il avait l'impression que quelque chose de pas normal se préparait. Il parlait fort, donnait l'impression d'être excité comme si lui aussi était sur le point de partir. Passer une semaine sur un transatlantique… Et New

York ! Quel endroit ce devait être ! Il avait entendu dire que la ville était grouillante, en pleine activité nuit et jour. Avec du bruit partout, tout le temps, le rêve !

Pour Lucie et Émile, c'est à partir de l'été 1914 que ça se complique. Depuis Roméo et Juliette au moins, on sait que politique et amour ne font pas forcément bon ménage. Il se trouve que, au cours de l'été 1914, certaines tensions ont commencé à devenir plus fortes au sein de cette bonne vieille Europe. On assassine un archiduc, on envahit un pays, on rétorque que ça ne se fait pas mais alors vraiment pas, on déclare la guerre, on met en branle le jeu des alliances, on crie, on s'exclame, on bombe le torse, on mobilise et on part soi-disant la fleur au fusil. Hop, hop, hop, plus vite que ça, agitez les mouchoirs et souriez pour la photo, vous serez gentils.

Si ce n'était pas exactement le plan que s'était fixé Émile, il ne rechigna pas à aller au combat. Après tout, ce n'était l'affaire que de quelques semaines, lui avait-on dit. Et surtout, cela permettrait à la famille de Lucie de retrouver sa vraie patrie. Vive la France, allons enfants et vogue la galère.

N'en déplaise à sa mère, j'ai le sentiment que c'est le 28 juillet 1907, soit précisément six ans et onze mois avant l'assassinat de l'archiduc François-Ferdinand à Sarajevo, que l'histoire de la disparition d'Émile Joplain a débuté.

7

Je me suis toujours impliqué dans les affaires sur lesquelles j'enquêtais. Néanmoins, je dois bien admettre que celle de la disparition d'Émile Joplain a rapidement pris une importance sans commune mesure.

En 1925, la France fêtait sa victoire depuis sept ans. Ça swinguait, ça jazzait, ça cinématographiait, ça électroménageait, ça mistinguait. L'Art déco flamboyait, Paris s'amusait et s'insouciait. Coco chanélait, André bretonnait, Maurice chevaliait.

Malgré tout, je ne parvenais pas à m'abandonner à cette insouciance. J'étais loin d'être le seul. On avait beau faire semblant, on avait traversé l'enfer.

Cette histoire d'amoureux disparu, ça me permettait de me retourner sur cette guerre avec l'espoir de trouver un peu de beau dans tout ce merdier.

Macaret, Moriceau et Létoile n'ont connu Joplain que jusqu'en 1916. À en croire leurs discours, confirmés par les registres que j'ai pu consulter, c'est au mois de janvier de cette année-là qu'il a changé de compagnie.

C'est Macaret qui m'avait raconté cela : « Un colonel l'a fait demander, et lorsqu'un colonel vous fait demander, vous ne prenez pas le temps de finir votre gamelle, n'est-ce pas. » À ce moment-là, la compagnie moisissait du côté de Belfort, où elle était stationnée et attendait que ça passe. Entre bombardements et parties de cartes.

Émile Joplain n'avait pas trop fait le malin. Impossible de présager du contenu de l'entretien à venir. Il y était allé dans ses petits godillots, la tête rentrée dans les épaules.

Dans les premiers jours de la guerre, Émile, pris par la naïveté de l'amour, avait tenté d'écrire à Lucie, oubliant apparemment que l'adresse postale de cette dernière était située dans sa bonne vieille Alsace, en pays ennemi. Les échanges épistolaires transfrontaliers étaient prohibés. Or, il se trouve que ses missives étaient truffées de phrases en allemand ou en alsacien. C'était une espèce de code qu'ils avaient trouvé avec Lucie. Au cours des étés passés ensemble, elle lui avait appris les rudiments des deux langues pour qu'ils puissent s'échanger des mots doux incompréhensibles pour les autres.

Les lettres étaient vérifiées – pas toutes, la censure manquait de temps, mais un sacré paquet. Inutile de dire que celles d'Émile, avant d'être détruites, étaient inspectées dans les moindres détails.

Selon Moriceau, Joplain était bien loin de parler parfaitement alsacien et allemand. Disons qu'il connaissait quelques expressions un peu romantiques, *Je t'aime*,

Tu as de beaux yeux, enfin ce genre de choses, ainsi que quelques insultes qu'il se gardait bien de coucher par écrit mais qui faisaient le bonheur de ses camarades de tranchées.

Toujours est-il que ces expressions avaient attiré l'attention de la censure. S'agissait pas d'avoir un espion ou un traître parmi les soldats. Joplain avait été convoqué et, cela accrédite la version Moriceau, il s'était avéré qu'il s'agissait de déclarations tout à fait gentillettes. Ça avait fait marrer le traducteur, à qui on demandait de trouver des informations confidentielles relatives au positionnement des troupes ou à l'emplacement des pièces d'artillerie et qui se trouvait à traduire des déclarations enflammées quant à la couleur des iris de Lucie qui oscillait entre le vert et le gris.

Le colonel s'était souvenu de cette affaire, comme tout le monde dans la compagnie – c'est le genre d'histoire qu'on aime bien se raconter et qui devient de plus en plus croustillante à mesure qu'elle circule parmi les hommes.

Les compétences linguistiques du soldat Joplain intéressaient l'officier : depuis plusieurs semaines, on disait qu'il se passait des choses du côté de Verdun. On racontait que les Allemands massaient des troupes. On disait que ce n'était pas vrai. On avait aperçu des trains débarquant des tonnes de matériel. On disait que ce n'était pas vrai. Des canons grands comme des éléphants étaient montés à quelques kilomètres à peine. On disait que ce n'était pas vrai. Des campements immenses, à perte de vue, des soldats armés jusqu'aux dents. On disait que ce n'était pas vrai, que c'était un leurre, que la vraie attaque aurait lieu dans la Somme et que de toute manière on tiendrait la place… Même si les forts avaient été désarmés, on tiendrait la place.

On disait que ce n'était pas vrai, mais on commençait à avoir des doutes. Il y avait notamment ce député engagé volontaire, le lieutenant-colonel Émile Driant, un va-t-en-guerre qui hurlait que ça allait péter à Verdun et qu'on n'était pas prêts. Eh bien, le lieutenant-colonel Driant n'avait pas tort. Calé au fond de son trou, il avait vu juste.

Pour essayer d'y voir plus clair dans ces rumeurs, on avait cherché des espions. Pas de grands espions comme dans les romans, disons des hommes capables de s'approcher des lignes ennemies et d'écouter ce qui se racontait. Éventuellement, essayer de capturer quelqu'un et de le faire parler.

C'était monnaie courante, on changeait d'affectation en fonction de son utilité. Ainsi, plusieurs hommes de la compagnie de Joplain étaient partis deux jours plus tôt à Luxeuil pour installer des hangars pour l'aviation – construire un hangar, faut pas croire, ça demande des compétences que tout le monde n'avait pas. C'était à la fin du mois de janvier 1916, il faisait un froid de loup et ils se gelaient au fond des tranchées. Joplain n'avait pas insisté sur le fait qu'il était loin d'être bilingue, pas si mécontent de partir en balade et de se sentir enfin un peu utile.

Létoile, dans le café où je l'avais rencontré, s'était mis à crier par-dessus le brouhaha général : « Il parlait pas si bien qu'ça l'allemand, Émile. Ils sont une dizaine à être partis et je pense qu'il n'y en avait pas plus de deux ou trois qu'étaient bilingues. Tous volontaires. Ou presque. Je précise "presque" parce qu'à la guerre on sait jamais si on a le choix d'être volontaire. Toujours est-il qu'il a pas démenti quand on lui a rappelé qu'il parlait le boche. J'crois bien qu'il se disait que plus vite on gagnerait la guerre, plus vite il retrouverait sa fiancée. »

Le voilà donc qui disait au revoir à ses amis pour aller dans un endroit où, officiellement, il n'allait absolument rien se passer.

Le 21 février, un obus de trois cent quatre-vingts millimètres s'écrase à Verdun. Il est quatre heures du matin, le véritable déluge d'acier commencera à sept heures quinze et finira le 18 décembre de cette année 1916, maudite à jamais.

8

Après ma blessure sur les bords de Marne, j'avais passé de longs mois à l'hôpital. J'avais eu de la chance : j'avais été l'un des tout premiers à bénéficier du Dakin, qui m'a évité de justesse la gangrène. Je perdais une main, mais je gardais mon bras. C'est un médecin militaire qui le premier m'a fait la blague : « Pour les coups de main, c'est fini, mais on est en pénurie de bras et tu as les deux tiens, on va te trouver une occupation. »

C'est pour ça qu'ils m'ont construit des prothèses avec des crochets, des pinces et autres systèmes compliqués. On essayait, on retaillait, on recommençait. À l'arrière, les médecins ne manquaient pas d'idées. Je devais lever les bras, faire tout un tas d'exercices. J'ai passé des heures à tenter d'attraper des cerceaux et divers objets de diverses formes. Quand j'y pense, je ne me battais pas pour reprendre une vie normale, je me battais pour avoir de nouveau le sentiment de servir à quelque chose.

Je n'avais encore rien compris à cette guerre.

Il y a quelques mois, j'ai relu les lettres que j'avais envoyées à Anna à cette époque. J'espérais encore être un héros, repartir au combat, rejoindre mes camarades. Quelle connerie. Je lui écrivais qu'elle me manquait. Je lui expliquais que ma blessure n'était pas si grave, sans entrer dans les détails. Je lui parlais de mon devoir de citoyen, de Français. Mon devoir de poilu. C'est qu'on était des gaillards, des virils et qu'on n'allait pas se laisser marcher dessus par les Fritz. On allait les reprendre, l'Alsace et la Lorraine, et c'était pas une main en moins qui allait m'empêcher d'accrocher ma baïonnette au bout de mon Lebel.

Et puis Verdun a commencé. Une rumeur a parcouru tout le pays, de bouche à oreille de soldat. Ça murmurait sous les casques. On racontait que ça bombardait sec, qu'on entendait les explosions à plus de cent kilomètres. Plus de cent kilomètres. Imaginez, une explosion à Paris qui serait entendue jusque dans les faubourgs de Rouen et aux abords d'Orléans. Certains pensaient que c'était encore une histoire pour faire peur, un fantasme de soldats, une bataille que les blessés se vantaient d'avoir faite. C'était la surenchère de la bravoure.

Un jour, un officier est venu me trouver dans ma chambre. Il avait du travail pour moi. J'avais conduit des tramways, l'armée cherchait des chauffeurs. De camion.

J'ai levé mon bras gauche. Je pensais qu'il allait se rendre compte, qu'il allait repartir.

Non.

Il s'est tourné vers le médecin. « Vous nous bricolerez un système qui peut tenir un volant ? »

Le toubib ne s'est même pas retourné. Il a dit un « Oui, oui ». Ça faisait des mois qu'il bricolait des systèmes.

C'est comme ça que je me suis retrouvé avec mon drôle de bricolage et mon volant à la main. À relier Bar-le-Duc à Verdun sur la Voie sacrée. À l'époque, on ne l'appelait pas comme ça. On disait simplement « la Route », comme s'il n'y en avait qu'une seule. Une colonne interminable de camions. Des soldats, valides dans un sens, estropiés dans l'autre. Et du matériel. Des canons, des obus, de la nourriture, des bêtes, du vin. On conduisait sans jamais s'arrêter ou presque. Cinquante-sept kilomètres entre la civilisation et la barbarie. Cinquante-sept kilomètres où l'on conduisait, à longueur de journée, à longueur de nuit, comme des automates fous. Faire attention, très attention : aux trous dans la chaussée et aux territoriaux qui envoyaient, à longueur de journée, à longueur de nuit, des pelletées de cailloux pour les reboucher. Et tenir le volant, quoi qu'il en coûte, à longueur de journée, à longueur de nuit. Les cahots, les yeux qui piquaient, la prothèse qui m'irritait le bras.

Dans le ciel, c'était le feu. Le feu et les cendres. Sur la terre, c'était les secousses et les tremblements. L'antichambre de l'Enfer.

Je n'ai pas vu Verdun. Je l'ai à peine senti, respiré.

En revanche, j'ai vu les regards des soldats. Ceux

qui avaient survécu, qui avaient attendu la relève. Des yeux qui n'avaient plus rien d'humain : ouverts, écarquillés, apeurés, vidés. Ce n'étaient plus des soldats, ce n'étaient plus des hommes. On devait en tenir certains par la main ou le bras pour les faire monter dans le camion. Et même pour cela, on manquait de temps. On chargeait les blessés à l'arrière. Ceux qui étaient transportables. Il y avait eu un premier tri. Ceux qui allaient mourir à coup sûr, ceux qu'on devait opérer sur place et ceux qu'on allait amener à l'arrière.

Moi, je ne m'occupais pas de ça. J'essayais de reprendre quelques forces avant de me retaper les cinquante-sept kilomètres du retour. On me servait un mauvais café froid. Personne ne gueulait plus pour la température du café. Les seuls cris, c'était ceux des douleurs qui avaient besoin de s'exprimer. Les hurlements des amputés, les gémissements des agonisants. Et ceux qui disaient d'aller plus vite, de se dépêcher, de libérer la route, de faire de la place, de s'écarter, non pas ici, plutôt là, mais dégagez bon sang, restez pas là, vous voyez bien que… On voyait rien du tout. On avait de la fatigue plein les paupières, on avait de la poussière dans le regard. Il y avait trop de sang, trop de blessures. On ne voyait rien.

On se poussait malgré tout. Parce que c'était un ordre et qu'on ne remettait pas en question les ordres, même quand on ne savait pas d'où ils venaient. Cette voix-là qui gueulait de dégager, c'était peut-être bien celle d'un terrassier qui voulait juste mettre une pelletée de pierres sous les roues du camion pour ne pas qu'il s'enlise au redémarrage. Je ne savais pas, je ne savais plus rien. J'étais un conducteur automate à la main amputée. Une marionnette.

C'est au cours des heures que je passai là que j'ai rencontré Raymond Davisse. Il était brancardier, semblait perpétuellement perdu et n'y voyait pas à deux mètres malgré les verres épais de ses lunettes. C'est pour ça qu'il n'avait jamais pu aller sur le front. C'est à lui que l'on avait confié les registres. Il notait les noms des soldats qu'on embarquait. Plus de deux millions d'hommes sont passés ici. Lui, il notait le nom des blessés. Il était penché sur son registre énorme, trempait sa plume dans son encre et grattait, grattait et grattait encore, levant à peine les yeux. Et quand il les relevait, il semblait découvrir le chaos dans lequel nous nous trouvions. Il y avait trop de monde, des hommes allongés partout, en vrac. Ce n'était plus des escouades, des divisions ni des compagnies. C'était des tas d'hommes. Informes, désordonnés, brouillons.

C'est dans ce chaos que j'ai entendu parler pour la première fois de la Fille de la Lune. Normalement, je n'étais pas affecté aux brancards. Avec ma main, faut dire que je n'étais pas le plus qualifié pour ce genre de tâches. Il n'empêche qu'on était tous obligés de rendre service. Surtout ceux qui n'étaient pas allés au feu. On se sentait obligés. Et tant pis pour le sommeil et tant pis pour le café. Un matin, avant de reprendre la route, j'apportai de l'eau à l'arrière de mon camion. C'était pour un pauvre gars qui était en plein délire, un qui ne délirait pas dix minutes auparavant et qui, à coup sûr, serait mort à l'arrivée. Il a repoussé la gourde que j'avais placée entre ses lèvres pour me dire qu'il l'avait vue. La Fille de la Lune. Il l'avait vue à même pas dix mètres.

Même qu'elle était belle.

Même qu'elle l'avait regardé.

Même qu'elle lui avait souri.

Même qu'elle avait disparu comme ça. Par magie. Retournée sur la Lune.

Les autres blessés avaient ricané et repris en chœur : « Elle est retournée sur la Lune ! »

Pour en revenir à Raymond Davisse, c'était un dingue des chiffres. Ses phrases étaient composées essentiellement de numéros. C'était sa manière de se rassurer, de saisir l'état du monde. Il avait vu tant de gueules cassées et de destins ravagés qu'il avait laissé une partie de son âme au départ de la Voie sacrée. Lorsque je l'avais rencontré, il m'avait signalé que je conduisais le soixante-quatrième camion de la journée à arriver. Lorsque j'étais reparti, le lendemain, il m'avait indiqué que j'avais à bord de mon camion le centième blessé de la matinée. Je crois que j'étais le seul à faire attention à lui. Les autres ne l'écoutaient pas. Ils ne le voyaient même pas. Et, même si l'animal n'était pas facile à apprivoiser, au fur et à mesure de mes allers-retours, j'ai appris à le connaître un peu mieux.

Je n'avais pas été surpris de le retrouver au service du ministère des Pensions, Primes et Allocations de guerre qui venait de se créer et qui allait rapidement devenir le ministère des Pensions. Il y avait été affecté dès 1920. Les registres, il les avait tenus mieux que personne. Sa candidature n'avait pas dû être compliquée à défendre.

Quant à moi, j'y débarquai dans le cadre d'une enquête sur un disparu, quelques années plus tard. Un cas assez facile : une escouade entièrement décimée. Il manquait un nom et il y avait un corps sans plaque. Rapprochement évident avec une marge d'incertitude assez faible. Pourtant, il croisait, recroisait, décroisait les registres, vérifiait ses sources, passait dans les bureaux voisins, pointait les listes de disparus, comparait. Et quand la marge d'incertitude était si mince qu'il ne parvenait plus à la distinguer à travers l'épaisseur de ses doubles foyers, il passait le nom d'une colonne à l'autre.

Autant dire que dans cette affaire-là c'est lui qui avait fait tout le boulot.

Depuis, j'avais souvent eu recours à ses compétences et à ses archives. On y trouvait la date et le lieu du décès ainsi que l'identité de l'officier et des témoins l'ayant constaté, mais également le nom des parents, ainsi que les nom, prénom, grade, numéro de matricule, affectation, date et lieu de naissance et dernier domicile connu du soldat. Autant dire une mine de renseignements... à une condition près, et pas la moindre : pour y figurer, il fallait être mort.

Il était devenu un allié précieux qu'il fallait ménager. Nous nous complétions à merveille : moi sur le terrain et lui dans les bureaux. Moi pour permettre à des veuves de toucher des pensions ou à des communes de mettre un nom sur un monument. Lui pour mettre les bons noms dans les bonnes colonnes, pour donner au nombre de victimes une vérité arithmétique.

Il n'avait pas de famille, pas de loisirs, à part celui de compter, encore et tout le temps. Compter à en devenir dingue, de plus en plus dingue. Quand un cheveu tombait sur son bureau, il ne pouvait s'empêcher : « Le septième de la journée. » Quand quelqu'un passait dans le couloir : « Le neuvième de l'heure. »

Et plus il comptait, plus il se courbait. À croire que les chiffres faisaient ployer son dos, qu'ils devenaient trop lourds pour sa faible carcasse. Il avait fini par former une espèce de U à l'envers. Lorsqu'il était penché sur un registre, son visage était pratiquement à hauteur de son bassin.

Quand j'allais le voir, je repartais avec plus de chiffres que d'informations.

Parfois, il s'emportait : « Plus d'un million trois cent mille tués, plus de quatre millions de blessés ! C'est vague, beaucoup trop vague. Les hommes qui y sont restés méritent davantage qu'une approximation. On leur doit un chiffre exact. Je le trouverai. »

Il n'acceptait pas de ne pas saisir la vérité entre son pouce et son index. Il trouvait que c'était indigne d'une société civilisée. Il ne se remettait pas de l'existence des tombes anonymes. Des fosses communes de 1914, des camarades laissés sur les champs de bataille, de tous ceux qui, sous prétexte qu'ils n'avaient pas de famille, avaient été définitivement oubliés. Plus de cent mille corps sans sépulture.

Quant à la Fille de la Lune, à propos de laquelle j'avais tenté de le questionner, il ne voulait pas y croire. Pas de nom, pas de dossier. En attendant d'avoir un témoignage qui tînt la route, il ne s'agissait que d'un racontar. Un racontar au sujet duquel il me questionnait néanmoins régulièrement pour savoir si j'en avais appris davantage.

Comme je m'en doutais : aucune trace de Joplain dans aucune de ses listes. Mais le registre qui m'intéressait ce jour-là, c'était son registre de Verdun, celui qu'il tenait au départ de la Voie sacrée.

« Nombre de personnes qui demandent accès à ce registre : une seule », me dit-il en sortant le lourd volume de sa bibliothèque. Il l'ouvrit, se pencha, se pencha encore. Et encore. Il finit par tomber dans le registre, où il passa plusieurs heures. Son cri me tira du sommeil dans lequel je m'étais réfugié. « Nombre de Joplain évacués pour blessure : un ! »

12 juin 1916. Avec une petite note. « Blessure superficielle à la jambe, nécessitant une évacuation pour traitement. Premiers soins effectués par le médecin-major Adolphe Menu. »

Le jeu de piste continuait.

9

Le médecin-major Adolphe Menu ne fut pas bien compliqué à trouver. En 1918, il avait été affecté auprès de la population de la ville de Laon, où il exerçait toujours. J'y allai sans prendre la peine de m'annoncer, ce qui dans le milieu militaire n'est pas forcément la meilleure idée.

J'arrivai à son domicile sur les coups de quinze heures.

Il n'avait pas le temps.

« Vraiment pas. Comme ça, sans rendez-vous. Non, mais enfin. C'est une chose étonnante, tout de même, de venir sans prévenir. »

Je me permis d'insister un peu.

« Joplain ? Verdun ? Fallait le dire tout de suite. Revenez ce soir, nous dînerons ensemble. »

J'en profitai pour faire un tour dans la ville. Laon avait eu un drôle de destin. Occupée dès 1914 par l'ennemi. À Laon comme ailleurs dans le nord de la France et en Belgique, les civils n'avaient pas gardé un excellent souvenir de cette période. Obligation pour la population masculine de se découvrir pour saluer les officiers allemands, interdiction de se tenir dans les rues sans raison valable, obligation d'aller récolter des orties ou d'aller travailler sur les voies ferrées pour les besoins de l'occupant, suppression de tout journal en langue française, vexations en tout genre...

J'allai jusqu'à la cathédrale et repensai à mon Anna. Dès qu'elle en avait l'occasion, elle entrait dans un lieu de culte pour y mettre un cierge. « C'est grâce à ça que tu es revenu », me disait-elle. J'avais beau lui répondre que les camarades qui m'avaient protégé y étaient pour beaucoup aussi, elle me rétorquait que Dieu avait été là. Le dieu Dakin ? Elle me regardait en posant ses poings sur les hanches et me traitait de mécréant, ce à quoi je répondais par l'affirmative. J'avais vu trop d'horreurs pour croire en quoi que ce soit.

Fallait néanmoins reconnaître que la cathédrale était belle. Alors j'y ai allumé un cierge, en l'imaginant sourire, les poings sur les hanches.

Le médecin-major Menu avait cette façon très militaire d'aller droit au but. Lorsque je me suis présenté chez lui à l'heure du dîner, il s'est contenté d'un « Pile à l'heure » et m'a précédé dans un long couloir qui débouchait sur une salle à manger. Une marmite trônait au centre d'une table. Une bouteille était débouchée. Deux assiettes. Je n'ai pas osé poser la question de l'existence d'une éventuelle Mme Menu.

« Gibier. »

Silence.

Je ne savais pas trop quelle devait être la réponse

à cette affirmation. Je voyais bien qu'il s'agissait de gibier. Je tentai un « Parfait » auquel il ne répondit pas.

« Saint-Émilion. »

Silence.

Cette fois, je tentai un « Rien ne vaut les bordeaux en matière de vin ». Il me lança un regard soupçonneux.

La soirée menaçait d'être longue.

Sa parole ne se libéra qu'une fois qu'il eut trempé son épaisse moustache dans son verre :

« Verdun. Dans le 347e, sur les cinq médecins, il y a eu un blessé, un disparu et un troisième intoxiqué. Pire encore, sur les cinquante-deux infirmiers, brancardiers et cyclistes, quarante-quatre ne sont pas revenus. On s'est battus. À notre manière. On n'avait pas besoin d'une arme pour mourir. On a fait tout ce qu'on a pu. Avec courage, faut pas croire. Abnégation. Tout le temps. Pour les brancardiers, c'était pas facile. C'est qu'il fallait de la force pour les transbahuter tous ces blessés. Et les brancardiers n'étaient pas forcément tous très frais. »

Contrairement à ce que j'avais craint, il ne ferma plus la bouche de la soirée. Une gorgée de vin ou une bouchée de gibier entrecoupant un discours qui ne s'arrêtait plus et qui était, je dois le dire, passionnant.

« Votre Joplain, là, je m'en souviens assez bien. C'est moi qui l'ai fait envoyer à l'arrière. C'était pas une méchante blessure qu'il avait. C'est plus son moral qui en avait pris un coup. On s'était tous pris un coup. Lui, je ne le connaissais, pour ainsi dire, quasiment pas. Il était arrivé peu de temps auparavant, il avait changé de compagnie et s'était retrouvé sous le feu. Il me semble bien qu'il a reçu des éclats de shrapnel dans la jambe. J'en ai vu tellement. Si je l'ai fait renvoyer à l'arrière, c'est à cause de sa tête. Il avait plus ou moins perdu la raison. Il cherchait sa fiancée. Oui, monsieur. Sa fiancée. Je peux vous dire que s'il existait un endroit au monde où il n'y avait aucune chance de trouver une fiancée, c'était bien à Verdun en 1916. Il en parlait avec des lumières plein les yeux. Des lumières comme ça, j'en avais pas vu depuis des mois, peut-être même des années. C'était comme s'il l'avait quittée la veille, sa fiancée. Je me suis dit que ça lui ferait du bien d'aller se faire soigner à l'arrière. Que peut-être sa fiancée pourrait venir le voir à l'hôpital.

« Et puis... »

Il s'arrêta. Se leva, alla chercher une deuxième bouteille de vin, « Pessac-Léognan », se rassit. Il avait perdu sa verve. Sa voix avait changé. Il se mit à murmurer, comme s'il avait oublié ma présence ou qu'il ne savait plus qui j'étais et qu'un souvenir égaré au coin de sa mémoire venait de refaire surface.

L'histoire qu'il m'a racontée, je la connaissais déjà par cœur. C'était celle du sous-lieutenant Herduin. Je n'avais pas travaillé dessus, mais sa veuve avait remué ciel et terre pour sa réhabilitation. C'était un grand classique pour tous les enquêteurs de cette période, au même titre que l'affaire Maupas ou que le soldat inconnu vivant.

Il faisait lui aussi partie du 347ᵉ. Il était monté en première ligne, avait subi un bombardement qui n'en finissait plus et qui avait décimé la moitié de la compagnie. Un véritable carnage au cours duquel son commandant de régiment s'était fait tuer et son commandant de bataillon avait été fait prisonnier. Les munitions commençaient à manquer et l'ennemi allait attaquer d'un instant à l'autre. Herduin, aidé par un autre sous-lieutenant, Millant, avait profité de l'obscurité de la nuit pour conduire les quarante survivants à l'arrière. Lorsqu'ils étaient enfin parvenus à regagner le bois de Fleury, ils avaient appris que, sur ordre du colonel Bernard, Millant et lui étaient condamnés au peloton d'exécution pour abandon de poste.

« Tout le monde était sonné, sous le choc. On se faisait marmiter tout ce qu'on pouvait par les Boches. Mais ce coup-là, on l'avait pas vu venir et il faisait encore plus mal. Herduin, c'était un exemple pour tous. Le colonel Bernard n'a rien voulu savoir. J'ai vu des hommes pleurer. Votre Joplain, là. Il était des quarante. Il est revenu avec sa blessure et il voyait son sauveur se faire condamner au piquet. C'est pour ça qu'il a déraillé. C'était pas imaginable ce qui nous arrivait. J'ai pas voulu assister à l'exécution. Je voulais pas de ce spectacle. Et je voulais que ça se sache. »

Il tapa du poing sur la table et j'aurais juré qu'une larme avait coulé le long de son visage. Et il raconta la terrible suite : c'est Herduin qui avait demandé à commander lui-même son exécution, il ne voulait infliger ça à personne. Il n'avait pas sauvé ses hommes pour leur imposer cette maudite responsabilité. « Et maintenant, visez bien ! En joue ! Feu ! »

Le tic-tac de l'horloge.

Le robinet qui gouttait dans la cuisine.

« Cette année, neuf ans après sa mort, ils ont donné son nom à une rue de Reims. C'est là qu'il était né. J'y suis allé. C'est pas une grande rue. Mais c'est bien. »

Il y eut un grand silence. Je ne savais comment prendre congé.

« Votre Joplain, je lui ai trouvé un prétexte pour qu'il aille se reposer. Il parlait à peine, il était hébété. Il aurait pas tenu une heure de plus. Je ne l'ai jamais revu. Le 347ᵉ a été dissous le 22 juin. Onze jours après la mort d'Herduin et Millant. »

Cette fois, il avait fini.

10

Des blessés, c'était pas ce qui manquait, il y en avait partout. C'est même ce qu'on faisait de mieux à l'époque : les estropiés et les morts. J'avais dû faire jouer beaucoup de relations pour trouver où Joplain avait été transporté après Verdun.

Pour rester au plus près du front, je suis allé jusqu'à refuser les permissions qu'on me proposait. Anna m'attendait à la maison et moi je restais vaille que vaille pour aller retrouver mes camarades. Le devoir. C'est ce qu'on nous avait appris. Notre devoir d'aller se battre. Au début, j'y suis allé pour la France, pour l'Alsace et la Lorraine, pour la terre de mes ancêtres, contre la sauvagerie des Boches qui violaient nos filles, nos compagnes. Par la suite, j'y suis allé pour les copains. Parce qu'on s'était battus ensemble, qu'on avait eu peur ensemble, qu'on avait ri et pleuré ensemble. On avait eu les mêmes poux, les mêmes frousses, les mêmes paniques. On était une famille dont un membre tombait toutes les heures. Alors fallait protéger les autres. À tout prix. C'est ce qui nous maintenait debout. Être ensemble, se protéger. Et puis se reposer.

Quand on était à l'arrière, on essayait d'oublier nos morts. On cherchait une table. C'en était devenu une obsession. Ne plus manger sur nos genoux mais avoir une vraie table. Même s'il n'y avait pas les assiettes, au moins une table. La plupart du temps, une planche ou une porte dégondée faisait l'affaire. Tout de même, toute une escouade autour d'une table, ça avait des allures de civilisation. On se racontait nos jeunesses perdues, nos permissions ratées, les marraines, les femmes, les fiancées. Les projets. On chantait aussi. La Madelon venait nous servir à boire. Et on buvait. Et on buvait. Et on buvait encore. On buvait à s'en faire péter la panse, à en oublier d'être malheureux, à en oublier nos vraies familles, à en oublier de respirer. On piétinait nos ombres, on maudissait les embusqués. Et on chantait. Et on buvait. Et on oubliait. On oubliait que ça allait repéter de partout, qu'on allait partir à cent et revenir à trente, qu'on allait tuer, qu'on allait mourir, qu'on allait laisser un ami dans le no man's land et l'entendre gémir la nuit entière. Et on chantait. Et on buvait. Et on oubliait que l'un d'entre nous allait peut-être se dévouer pour abréger les souffrances de notre ami d'un coup de Lebel, même si on n'avait pas le droit, même si on risquait gros. Les amis, ça supplie d'abord de venir les chercher. Et quand ça comprend, ça supplie d'abréger. Et nous, plongés dans la terre, comme des cafards, on espère juste que ce sera quelqu'un d'autre qui aura le courage d'abréger.

Personne ne veut tuer un ami, même quand il supplie. Alors on buvait. Et on chantait. Dès qu'on en avait l'occasion.

À l'hôpital de Tours, où Joplain avait été transporté neuf ans plus tôt, c'est un certain Dr Robert qui m'a accueilli. Des blessés, il en avait vu passer un paquet. Des milliers. Et pas tous en un seul morceau, avait-il plaisanté. Il devait approcher de la soixantaine et n'avait pas pris de douche depuis une cinquantaine. Son bureau sentait la crasse et le tabac froid. « Émile Joplain, vingt-trois ans, arrivé le 14 juin 1916, en direct de Verdun. Blessure à la jambe, légère confusion. Ah bah, tu parles d'un pedigree. Comme tous les autres. Je veux pas critiquer, mais une blessure légère et ça perd ses moyens, c'est que c'était parfois des petites choses, les hommes qu'on recevait. J'en ai passé aux chocs électriques pour leur dérouiller le cerveau. Ils étaient sonnés. Entre nous, j'ai jamais trop su si ça fonctionnait cette histoire de chocs électriques. Mais ça permettait de découvrir les planqués. En général, ils insistaient pas pour traîner par chez nous, ceux qui avaient goûté du voltage ! »

Il s'étouffait dans ses rires et repartait.

« Tu parles de poilus. Ah, j'ai bobo, j'ai peur, je veux ma maman. Clic, clac, que je te branche et que tu décampes.

« Moi, je les reconnais, les simulateurs ! À vingt mètres. Y a une odeur, une odeur de peur. Et de lâcheté. Le simulateur, il sent tout pareil que le gibier traqué. V'savez, là, la petite biche qu'a l'intuition que le viseur du chasseur est vissé à son arrière-train.

« Ah, pour ça, les soldats étaient bien renseignés sur l'obusite ! Obusite par-ci, obusite par-là. Heureusement que des officiers m'avaient prévenu. Eux ne rigolaient pas. "Débusquez-moi les simulateurs et renvoyez-les au front !" Ils étaient tombés sur la bonne personne, croyez-moi ! »

J'essayai de ne plus l'écouter. C'était insoutenable. J'imaginais les camarades passés entre ses mains.

Cette histoire d'électrochocs, ce n'était pas la première fois que je l'entendais. Est-ce que ça valait mieux qu'une amputation ou qu'une camisole ? Je n'étais pas médecin pour en juger. Ce qui me débectait, en revanche, c'est la lueur de sadisme qui s'allumait dans le regard du Dr Robert à chaque fois que sa langue battait son palais à la fin du mot « choc ».

Là où il disait vrai, c'est que beaucoup de médecins militaires avaient reçu des ordres. Il fallait renvoyer les simulateurs au front. Ne pas se laisser abuser. On avait besoin de chair pour nourrir la mitraille allemande. Des ordres venus de l'arrière pour renvoyer sur le devant de la scène ceux qui l'avaient à peine quittée.

Cette déconsidération des soldats par ceux de l'arrière, c'était révoltant. On avait payé le prix fort, pendant que les embusqués étaient bien tranquilles. C'est vrai qu'on était bien contents de les trouver, les toubibs, quand on avait besoin d'eux. Mais on aurait préféré être à leur place. En retrait. À l'arrière. Jamais en première ligne. Les brancardiers, ils s'en prenaient plein la gueule, ça c'est exact et bougrement exact. Et Adolphe Menu avait bien insisté là-dessus. Mais à l'hôpital, ils étaient protégés. De temps à autre un obus qui venait crever le toit. Parfois un hôpital qui se faisait bombarder par l'aviation allemande. Comme tout le monde, ni plus ni moins. Y compris à Paris. La grosse Bertha avait bien détruit l'église Saint-Gervais en 18. Enfin, c'est ce qu'on disait à l'époque. J'ai appris depuis que ce n'était pas la grosse Bertha, mais trois canons situés à plus de cent vingt kilomètres de là. Pour ce que ça change.

En sept ans à remuer cette merde de Grande Guerre, j'avais rencontré beaucoup d'insensibles, de butés. J'ignore la manière dont le Dr Robert travaillait avant 14. Je n'avais aucun moyen de savoir si c'était la guerre qui lui avait ôté son humanité en lui envoyant des blessés de plus en plus amochés. Je ne parvenais pas à me convaincre qu'il avait toujours été comme ça. Mais je me trompais peut-être. La guerre n'était pas la seule excuse à l'inhumanité.

Ce qui est certain, c'est qu'il avait oublié de prendre le train des avancées en matière de psychiatrie.

Depuis ma démobilisation, j'avais eu l'occasion de rencontrer beaucoup de spécialistes. Ils m'avaient confié à quel point ils avaient été désemparés par l'arrivée de ces patients qui souffraient d'hallucinations terribles, de tremblements irrépressibles, de ceux qui se levaient au milieu de la nuit en poussant des hurlements à réveiller les morts, de ceux qui étaient courbés en deux et qui ne parvenaient pas à se redresser, des dépressifs qui avaient perdu l'ouïe, la parole, la vue ou la mémoire sans aucune explication physiologique. C'est pour cela que l'on parlait d'obusite. On pensait que c'était le souffle des explosions qui provoquait des dégâts invisibles, une névrose de guerre, en somme.

J'étais parvenu à m'extraire de la logorrhée du Dr Robert, lorsqu'il daigna se repencher sur le dossier :

« Le patient Joplain, il n'est pas resté longtemps. D'après ce que je vois, je l'ai remis à des officiers qui passaient par là, qui étaient en route pour la Somme, où les Angliches étaient à la peine. Ils pouvaient en faire ce qu'ils voulaient, c'était plus mon affaire. Il avait du vague à l'âme ou une de ces fantaisies romantiques. Il voulait retrouver sa fiancée je sais plus où. "Et la guerre ?", je lui ai demandé. On n'a pas le temps de se prélasser dans la soie.

« Pour tout dire, je ne me souviens plus de sa blessure, elle devait pas être bien méchante. M'est avis qu'il voulait se planquer, aller s'adonner aux plaisirs de la chair ou je ne sais quoi. Je lui ai remis un petit coup d'électrochocs, histoire de lui faire passer le goût de la romance et de le renvoyer au service de la patrie. On peut pas dire qu'il ait aimé ça ! Si vous restez un peu pour la journée, je vous ferai une démonstration. Je peux aller chercher un malade, ça fait longtemps que j'ai pas électrocuté quelqu'un, j'ai peur de perdre la main ! »

Son regard s'est penché vers mon bras. J'ai cru qu'il

allait s'excuser, mais non : il est parti dans un fou rire qui sembla ne jamais finir. Il pleurait, frappait son bureau avec son poing en répétant : « Peur de perdre la main, vous voyez ce que je veux dire ? »

Je le regardais, tâchant de rester impassible, attendant qu'il retrouve ses esprits.

Il ne les retrouva pas.

Nous en avions terminé. Il ne proposa pas de me raccompagner, ce qui me permit d'errer un peu dans les couloirs. J'espérais toujours rencontrer quelqu'un qui se souviendrait de Joplain, qui aurait entendu une phrase, qui aurait gardé dans un coin de sa mémoire une information qui m'aurait permis d'avancer. Un infirmier m'indiqua un autre infirmier qui était là avant lui. Cet infirmier m'en indiqua un autre qui m'en indiqua un autre. « 1916 ? Voyons, monsieur ! La guerre est finie depuis trop longtemps ! » Alors que je n'y croyais plus, c'est l'information qui est venue à moi. Un sifflement. « Psst, hé, pssst ! »

Un vieux plus vieux que tous les vieux. Tordu. Édenté. Un vieillard de contes de fées, un qui aurait été victime d'un terrible châtiment. Son châtiment, c'était la guerre, bien sûr. Et pourtant ses yeux brillaient. C'était même la seule chose qui brillait dans ce couloir. « Psst, hé, pssst ! » Je me suis approché. Il parlait tout bas, me disait qu'il avait connu Émile Joplain qu'était pas du tout malade de la tête mais du cœur. « C'était un amoureux, pas un malade comme moi ou toi ou moi. T'es malade, toi ? Moi chui fou, complètement fou, tout maboul, dingue et redingue ding dong. J'ai plus ma tête, elle est restée dans une tranchée, arrachée, mal léchée, cabossée. Joplain pas malin a pris le train. »

Il m'a fait signe d'entrer dans sa chambre.

Il y avait des dessins accrochés au mur. Des dizaines de dessins. Sous les dessins, d'autres dessins. Et sur chacun d'entre eux, aucune hésitation possible : la Fille de la Lune. Debout, accroupie, lascive, dansant, se cachant.

Je lui ai demandé s'il en était l'auteur. Il m'a répondu que non, que c'était quelqu'un d'autre, un qui était arrivé bien après l'amoureux. Et puis il s'est tu. Il est allé explorer le fond de ses souvenirs. Très loin, très profond. Ses paupières ont commencé à trembler légèrement.

« Hérisson qu'on l'appelait. »

Je me suis enquis de son vrai nom.

« Hérisson !

— Donc vous l'appeliez par son nom.

— Oui.

— Vous m'avez dit "Hérisson qu'on l'appelait", ce qui laissait sous-entendre qu'il s'agissait d'un surnom.

— Hérisson, c'était aussi son surnom, nom de nom.

— Il avait le même nom et surnom ?

— On a le droit, non ?

— Ce n'est pas à proprement parler une affaire de droit.

— Hérisson, ça ressemble à un surnom, pardon.

— Oui, je comprends.

— En plus, il s'était empêtré dans les hérissons, le con. Les hérissons, c'est les barbelés, hé, hé !

— Et il avait un prénom ?

— Georges !

— Et vous savez où je pourrais le trouver ?

— L'Hérisson l'est mort. L'a perdu la tête. L'est arrivé à la fin de la guerre et pis l'est mort. Ou l'est parti ? Je sais plus. Un jour l'était plus là. »

Il est devenu immobile.

« P'têt' bien qu'Hérisson, c'était pas son vrai nom. C'était une espèce de Tzigane qui chantait des drôles de chansons qu'on comprenait rien aux paroles. »

Il s'est ranimé.

« Psst, hé, pssst ! Je suis fatigué, monsieur. Faut partir. Ici y a ni l'amoureux, ni l'Hérisson, non non non. Si on continue, ça va faire venir l'électricité. »

11

À peine rentré à Paris, je suis retourné voir Raymond Davisse pour essayer d'en savoir plus sur ce Hérisson passé dans le même hôpital que Joplain.

Il semblait m'attendre :

« Nombre de livres lus cette semaine : un. Et pas n'importe lequel, un Goncourt, mon bon monsieur ! Je dois avouer que je ne suis pas un grand lecteur. C'est le sujet qui m'a attiré. *Le Feu*, d'Henri Barbusse, je me suis dit que ça pouvait servir, tout le monde dit que la guerre y est racontée comme dans aucun autre livre. »

Je n'avais jamais vu mon ami aussi excité. Il s'était même redressé d'au moins vingt ou trente degrés.

« Je te passe les détails. Mais écoute ça, tu ne vas pas en croire tes oreilles. J'y ai peut-être trouvé la solution de l'une de tes énigmes. Le livre a été publié en 1916… La réponse se trouvait sous tes yeux ! Ah, mon ami, tu devrais aller plus dans les librairies et moins dans les hôpitaux, crois-moi. »

Il s'est saisi du fameux livre et l'a ouvert dans son premier quart. « C'est un moment où l'escouade de Barbusse revient à l'arrière :

À la corne du bois, soudain une forme de femme surgit à contre-jour. Le jeu des rayons la délimitait de lumière. Elle se dressait debout à la lisière des arbres, qui formaient un fond de hachures violâtres – svelte, tout allumée de blondeur ; et on voyait dans sa face pâle les taches nocturnes de ses yeux immenses. Cette créature éclatante nous dévisageait en tremblant sur ses jambes, puis brusquement elle s'enfonça dans le sous-bois comme une torche.

« Ça te rappelle quelque chose ? »

La Fille de la Lune !

Davisse tournait les pages avec agitation :

« Attends, attends, c'est pas tout, ne dis rien, écoute, deux pages plus loin :

Elle surgissait à demi, là-bas, à gauche de l'ombre verte du sous-bois. Se retenant d'une main à une branche, elle se penchait et présentait ses yeux de nuit et sa face pâle qui, vivement éclairée par tout un côté, semblait porter un croissant de lune. Je vis qu'elle souriait.

« Alors tu te dis que ça nous fait une belle jambe, des histoires comme ça, on en a entendu mille et ça ne nous avance pas. Eh bien, espèce d'incrédule ! »

(Je n'avais pas fait la moindre objection.)

« Tu imagines que j'invente tout cela, que c'est moi qui te fais une bonne farce ? »

(Je n'avais pas envisagé une seule seconde cette option.)

« Tu te dis que tout cela n'est que littérature et que tu veux du concret, rien que du concret, que pour connaître le nom de la créature nocturne tu serais prêt à tuer père et mère ? »

(Je n'avais jamais eu l'idée d'un matricide, ni d'un parricide.)

« Eh bien, sache que, par amitié, je vais te le donner ce nom. Écoute, c'est au chapitre suivant :

À un moment, entre deux maisons, dans une ruelle, j'ai une vision brève : une femme a traversé le trou d'ombre… C'est Eudoxie ! Eudoxie la femme biche…

« Et plus loin, beaucoup plus loin dans le livre :

J'la veux, mais tu sais, j'la marierais bien, moi. Elle s'appelle Eudoxie Dumail.

« Voilà. Prénom de la Fille de la Lune : Eudoxie. Nom patronymique : Dumail. »

Il était face à moi, le livre à la main, fier de sa trouvaille. Il pouvait. C'était une drôle d'information qu'il venait de me dégotter. Je voyais ses yeux énormes à travers ses lunettes. Et la commissure de ses lèvres qui se tendait de seconde en seconde.

C'est à ce moment précis que je me suis rendu compte que cette histoire de Fille de la Lune avait pris une réelle importance dans ma vie. Il y avait quelque chose qui me fascinait. C'était comme si elle me suivait partout où j'allais, comme un fantôme qui rôdait non loin de moi.

J'ai passé les deux jours suivants enfermé chez moi, plongé dans le livre de Barbusse. Je l'avais lu à sa sortie en 1916 et, à l'époque, je n'avais pas fait attention aux passages concernant Eudoxie Dumail.

Je me disais qu'il ne s'agissait peut-être que d'une fille de la nuit parmi d'autres. Une des nombreuses ombres errantes de cette période folle. Une paysanne du coin qui sortait la nuit pour relever des pièges, vendre quelques produits ou quelques charmes. Peut-être même n'avait-elle existé que dans l'imagination de Barbusse.

Curieuse impression que de lire ces pages confortablement installé dans mon salon. Une sensation de malaise s'emparait de moi. Ce livre me racontait ma guerre, mes camarades, ma jeunesse, ces années qui me hantaient. Je repensais à ces copains qui m'avaient porté à travers un boyau étroit. C'était un shrapnel qui avait sifflé au-dessus de nous. Je savais qu'il arrivait dans notre direction. Nous le savions tous. La seule inconnue était de savoir sur qui ça allait tomber. Il a explosé à quelques mètres de moi. Il a emporté ma main et le visage d'un certain Joseph Buquet. J'ai appris par la suite que Buquet était mort, étouffé dans son propre sang. Quant à moi, j'ai perdu connaissance. Ce sont deux frères qui m'ont transporté à l'infirmerie, deux gars qui venaient du Nord et qui sont morts à quelques mois d'intervalle sans trouver personne pour les porter.

J'ai été transbahuté sur une civière. Me suis réveillé

allongé par terre. Je me souviens qu'il y avait de la boue tout autour et un brin d'herbe. Juste un brin d'herbe. J'ai trouvé ça formidable ce petit brin d'herbe qui dansait pour moi. Plus je le regardais, plus il dansait. Et je me suis rendormi.

Après, il y a eu un camion, puis un wagon. Je ne me souviens plus de la chronologie. En revanche, je me souviens précisément du moment où j'ai pris conscience de l'absence de ma main. Bêtement, j'avais cru qu'elle était cassée, trouée, broyée. Je n'avais pas envisagé qu'elle ait pu être emportée. J'ai pensé aux tramways. Et j'ai pensé à Anna.

12

Eudoxie, Anna, Lucie. Il était temps de passer à la vitesse supérieure pour retrouver la fiancée de Joplain.

Grâce à quelques-uns de mes contacts en Alsace, j'avais fini par obtenir l'adresse de ses parents. Ils habitaient toujours à Molsheim, à une petite trentaine de kilomètres à l'ouest de Strasbourg. J'avais attendu longtemps une réponse de leur part, espérant éviter un long déplacement en Alsace. La réponse n'étant jamais venue, je me suis résolu à aller y faire un tour.

Aller en Alsace, c'était toujours se confronter à une réalité extrêmement complexe. Entre ceux qui étaient nés français et ceux qui étaient nés allemands et s'étaient battus contre les Français, ça avait dû faire des ambiances qui sentaient la poudre et la bagarre de winstub. Mais la première fois que j'y étais allé, au printemps 1919, je m'attendais à trouver une terre en fête : après tout, on s'était battus quatre années pour leur redonner leur dignité. Évidemment, ce n'était pas le sentiment général. Parce que, premièrement, ils n'avaient jamais perdu leur dignité et, deuxièmement, tous n'avaient pas été ravis de devenir français. Pour une bonne partie, ils se sentaient avant tout alsaciens. Sans compter que, parmi les morts de chaque village, la plupart s'étaient pris des balles françaises. Allez expliquer à une veuve de guerre que c'était une balle pour la bonne cause. « On a tué votre mari… Mais, bonne nouvelle : vous êtes de nouveau française, madame ! »

Il ne faut pas oublier qu'en 1914 l'Alsace – et la Moselle, mais ce n'est pas le sujet qui nous intéresse – était allemande depuis quarante-trois ans. Suffisamment de temps pour prendre des habitudes germanophiles. À en croire la propagande française, les Alsaciens s'étaient sentis français et n'avaient revêtu l'uniforme impérial que sous la contrainte. J'avais dû me rendre à l'évidence : c'était un peu plus compliqué que cela. La grande majorité, l'écrasante majorité des Alsaciens en âge de combattre étaient nés allemands.

Entre les discours à l'arrivée des troupes françaises et la mise en place des monuments aux morts, tout le monde était un peu emmerdé par cette histoire. Tu parles d'un dilemme : que devait-on écrire sur les monuments aux morts ? « Morts pour la Patrie » ? Oui, mais laquelle ? Déjà qu'on ne parvenait pas à se dépatouiller des pensions de guerre, voilà qui faisait un beau caillou dans la chaussure de la préfecture. La plupart des communes que j'ai eu l'occasion de visiter étaient parvenues à célébrer leurs défunts avec des monuments sobrement dédiés « à nos fils disparus » ou « à nos morts ».

Je ne m'en serais certainement jamais rendu compte

si le maire d'un petit village ne m'en avait pas parlé. En 1922, dans le cadre d'une enquête sur un fusillé pour l'exemple, je m'étais retrouvé à feuilleter les archives de l'état civil de sa commune, non loin de Molsheim. Il m'avait accueilli dans son bureau et m'avait posé des questions sur ma main, m'avait demandé où j'avais combattu, si j'avais souffert. Ce n'étaient pas des politesses, je le voyais bien. Il avait passé la force de l'âge, avait été trop vieux pour combattre. Il s'intéressait véritablement à mon histoire, bien plus qu'à l'enquête que je menais à ce moment-là. Moi qui avais l'habitude d'écouter les histoires des autres, voilà que je racontais la mienne. Ma mobilisation, les marches interminables, des jours entiers, des nuits entières. Ma blessure. Mon hospitalisation. Il me regardait, ému. Il a ouvert un tiroir de son bureau et en a sorti une photographie en me disant que son fils aussi avait fait la guerre. Il l'a posée à plat, face à moi. Un *feldgrau*, comme on disait. «Je ne sais pas pour qui mon fils est mort. On m'a dit qu'il était mort en héros.»

Je n'avais rien à répondre à cela. Le soldat avait une vingtaine d'années. Une fine moustache blonde que l'on devinait. Le regard clair et décidé. Il portait cet uniforme que j'avais tant haï.

Il a fini par reprendre: «Pensez-vous que l'on puisse mourir en héros si l'ennemi d'hier devient la nation de demain?»

Je lui ai répondu que l'on pouvait mourir en héros en sauvant ses camarades. Il a souri. Tristement, mais il a souri.

En sortant de son bureau, je me suis senti bête, j'ai pris conscience que je ne m'étais jamais réellement posé la question de l'Alsace. Jamais posé la question des Alsaciens. J'avais tué pour récupérer ces régions, j'avais estimé que cela était juste. Et j'avais obéi aux ordres.

13

J'arrivai devant la maison d'Elsa et Lorenz Himmel un soir de l'automne 1925. Elle était minuscule. Dans la rue, toutes les maisons étaient charmantes – volets peints assortis aux colombages – sauf celle-ci. Deux vieux très vieux m'attendaient. Des vieux pas si vieux-vieux, en fait. Des vieux usés par des vies pas jolies. Des mains abîmées, des dos voûtés, des dents qui manquaient, des sourires absentés. C'était la première fois que je voyais le visage de Lucie : une quinzaine d'années, en sépia, encadrée, accrochée au mur du salon. Comme une image pieuse. Des cheveux clairs relevés en chignon, le coude posé sur un livre ouvert.

Ils me regardaient sans rien dire. Ils ne comprenaient pas bien ce que je venais faire là. Nous sommes restés un moment silencieux. Pour les mettre en confiance, je leur ai raconté ce que je savais, ce que m'avaient dit Macaret et Létoile. L'enfance de Lucie, son départ d'Alsace, sa rencontre avec Émile, la séparation forcée, les amours interdites, les lettres qui ne sont jamais arrivées.

Ils n'acquiesçaient pas, ne fronçaient pas les sourcils,

étaient semblables à deux statues de sel. Les mains posées à plat sur la table. J'arrivai à la fin de mon histoire sans être certain qu'ils me comprenaient. Depuis mon arrivée, ils avaient à peine prononcé deux mots. Alors que le silence commençait à peser lourdement, risquant de faire écrouler sous son poids la petite table de la salle à manger, Mme Himmel le prit entre ses mains et le rompit en disant : « On était obligés de lui trouver une place. C'était une bonne place, il ne faut pas nous juger. On n'avait plus les moyens de la nourrir. Et puis c'était en France. Nous, on est nés français. On avait dix ans quand on est devenus allemands. On aurait dû s'en aller, mais on ne savait pas faire. Partir, ce n'est pas si facile. Pourtant, on n'avait pas grand-chose à abandonner. À part cette petite maison qui ne vaut pas une vie mais qui nous abrite bien. Après, c'est devenu compliqué. On trouvait du travail en fonction des saisons et des besoins des usines du coin, on avait pris nos habitudes et on n'était pas exigeants. Quand Lucie est arrivée, on avait déjà passé les trente ans et déjà mal partout. On lui parlait français autant qu'on pouvait. Cette langue, c'est la seule chose qu'on avait, avec la maison. On l'a éduquée du mieux qu'on pouvait, et quand on a entendu cette histoire de place dans une famille bourgeoise française, on a décidé que ça serait le mieux pour elle. C'est mon mari qui l'a amenée. »

Lorenz a pris le relais. « Nous sommes partis à la nuit. On ne voulait pas que les voisins le sachent. On nous aurait posé des questions à cause de la valise. On a suivi la Bruche, une petite rivière où on allait pêcher de temps en temps. On a atteint Schirmeck au lever du soleil. C'était six heures de marche. Elle était courageuse, Lucie. Et on a continué comme ça, dormant où on pouvait en essayant de ne pas se faire remarquer pour pas avoir d'histoires. Pour être plus tranquilles et marcher le jour, on évitait les villages. En tout, quatre jours de marche dans les Vosges pour rallier Saint-Dié. Il faisait doux, on dormait à la belle étoile, comme lors de nos petites excursions, quand on avait le temps, pas souvent. Je ne lui ai pas lâché la main durant ces quatre jours. Je me souviens que lorsqu'on a passé la frontière, elle a inspiré à pleins poumons et elle m'a dit : "Il n'y a pas de différence, ça sent pareil." On était passés par la forêt pour éviter les douaniers, ça sentait l'épicéa, le hêtre et l'érable sycomore.

« Sur le quai de la gare, je pensais que je ne la reverrais plus. On s'est dit au revoir, mais ça ressemblait à un adieu. Elle a oublié de se retourner avant de monter dans le train. J'ai compris qu'elle était partie depuis longtemps. J'étais soulagé pour Lucie. Triste pour moi. Je suis rentré en reprenant le même chemin, avec l'espoir que je retrouverais un peu d'elle. J'ai dormi aux mêmes endroits, mais les étoiles étaient moins belles. Et la maison, cette maison, était vide. »

Mme Himmel a repris la parole pour me raconter les lettres qu'ils lui écrivaient, celles qu'ils recevaient. Ils avaient toujours veillé à ce qu'elle ait une bonne orthographe. Pour eux, c'était ça qui était important : une bonne orthographe française.

« Elle nous a écrit qu'elle avait rencontré ce garçon. Émile. On a tout de suite vu les problèmes débouler. Il était trop bien pour nous. On n'avait pas les moyens. On craignait surtout qu'il nous la mette enceinte. On lui a dit de faire attention, que ce n'était pas un garçon pour elle, qu'elle allait souffrir. C'est toujours comme ça nos histoires, on n'a pas le droit d'aimer n'importe qui. Nous, on n'a jamais eu d'argent, mais on a eu la chance de se rencontrer. On était du même milieu, c'était facile. Notre Lucie, elle est allée droit dans le mur sans nous écouter. Ça commençait à sentir le malheur, tout ça. On le lui a écrit. On lui a même dit de partir, qu'on lui trouverait une autre place. Elle s'est entêtée. Et elle a fini par revenir.

« Un matin, on est descendus et elle était là. Assise à votre place. Elle ne nous avait pas prévenus de son retour. Elle avait traversé les Vosges à pied.

« Elle était grande ! On ne l'avait plus revue depuis sept ans, vous vous rendez compte ? C'était une jeune femme. Belle. Avec des formes de femme. C'était plus la petite fille qui tenait la main de son père devant la gare.

« Elle était à la maison, pourtant son cœur et sa tête étaient toujours là-bas. On l'a remarqué avant la fin de notre premier café. Elle nous parlait que d'Émile. Et la voix d'Émile, et les mains d'Émile, et les mots d'Émile, et les bras d'Émile, et la gentillesse d'Émile. On allait l'adorer, on allait l'adopter, on allait l'aimer, elle en était sûre et certaine.

« Sauf qu'il n'était pas là.

« Elle avait perdu son emploi, avait été chassée, était rentrée seule. Et avait passé une frontière. »

Elsa et Lorenz avaient cru que ça lui passerait, que c'était de son âge, qu'elle comprendrait avec le temps. Une semaine après son retour, une première enveloppe tomba dans leur boîte aux lettres. Elle fit un léger bruissement en *la* majeur. Elle venait de Paris. Ils ont regardé Lucie la lire. Ils devinaient à son sourire qui était l'auteur de la lettre. Ils voyaient dans ses yeux la voix d'Émile, et les mains d'Émile, et les mots d'Émile, et les bras d'Émile, et la gentillesse d'Émile. Elle souriait comme quand elle était petite et que Lorenz la faisait sauter sur ses genoux.

Le lendemain, une deuxième enveloppe est arrivée. Et le surlendemain pareil. Toujours en *la* majeur, il les accordait sacrément bien ses lettres. Le couple commençait à comprendre ce que Lucie lui trouvait.

Pendant un mois, tous les jours une lettre. Une vraie symphonie. Et quand la boîte aux lettres était vide, ils étaient certains d'y trouver deux enveloppes le lendemain. Ils avaient pensé qu'il se lasserait, qu'il n'aurait jamais assez d'encre. Faut croire que Paris avait de quoi tenir un siège. Émile a gardé ce rythme trois mois durant. Lucie avait eu raison : ils commençaient à l'aimer l'Émile.

Un matin : pas de lettre. Pourtant, Lucie ne s'était pas départie de sa bonne humeur. Le lendemain, la boîte était toujours vide.

Les parents Himmel étaient partagés entre l'anxiété

et le soulagement, se demandant si c'était la fin d'un amour impossible, s'il était arrivé quelque chose à Émile Joplain et pourquoi diable Lucie ne faisait-elle pas preuve de plus de détresse ?

La réponse à ces trois questions frappa à leur porte à l'aube du septième jour. Un jeune homme se tenait sur le seuil. Il tenait dans ses bras un accordéon dont il se servit pour jouer *Le Temps des cerises*, pas forcément le morceau le plus approprié mais – ils l'apprirent plus tard – le seul qu'il maîtrisait en entier. Ils le firent entrer avant la fin du premier couplet – des voisins commençaient à se pencher aux fenêtres.

On l'invita à s'asseoir – précisément là où j'avais moi-même pris place et là où Lucie s'était assise à son arrivée. M. et Mme Himmel durent convenir que, effectivement, la voix d'Émile, et les mains d'Émile, et les mots d'Émile, et les bras d'Émile, et la gentillesse d'Émile étaient tout à fait remarquables.

Les Himmel et Émile partagèrent leur premier petit déjeuner.

Tout bien qu'il était de sa personne, il fallut ensuite lui trouver un endroit où dormir. La petite maison ne disposait que de deux chambres et il n'était bien évidemment pas envisageable de laisser les deux jeunes corps trop proches l'un de l'autre. À cette question purement logistique s'ajoutait celle des voisins. Qu'allaient-ils penser de l'arrivée du jeune homme, dont les vêtements, bien que froissés par des jours de marche, trahissaient une origine française, voire parisienne ? Or, le Parisien n'était pas l'espèce la plus répandue à Molsheim en ce printemps 1914.

Émile ne fit pas le difficile, il dormit sur trois chaises qu'il avait alignées. Histoire de laisser aux parents Himmel le temps de s'endormir. Histoire de leur laisser le temps de se réveiller. Entre ces deux moments, un autre moment bien plus doux que trois chaises alignées.

Les Himmel n'étaient pas dupes. Ils me l'ont dit – ou plutôt suggéré. Ils n'étaient pas du genre à dire ce genre de choses.

Il n'est pas nécessaire d'avoir un sens de l'imagination particulièrement développé pour se faire une idée des nuits de bonheur que Lucie et Émile ont partagées ici.

Il n'est pas nécessaire d'avoir des connaissances historiques très approfondies pour comprendre que tout cela était extrêmement provisoire.

Néanmoins, ce n'est pas la guerre qui sépara les deux amants. Joplain se trouvait à Paris au moment de la mobilisation. Alors qu'était-il allé faire à la capitale quand tout le retenait en Alsace, fût-elle allemande ?

Si l'alignement des trois chaises permettait de maintenir l'illusion au sein du foyer, le voisinage était moins convaincu. Ça commençait à papoter, jacasser, bavarder, supputer, bavasser, causer, jaboter, voire cancaner ou jaser. Les amants avaient beau faire montre de discrétion, il ne fallut pas longtemps à Molsheim pour comprendre qu'il y avait un jeune homme chez les

Himmel, que manifestement il n'était pas uni par les liens sacrés du mariage à qui que ce soit ici présent, et qu'il était de surcroît un étranger. Un étranger qui ressemblait assez à l'idée que l'on pouvait se faire d'un ressortissant d'un pays ennemi.

Émile n'était pas effrayé par la situation et voyait là l'occasion d'engranger quelques nouveaux mots allemands.

Néanmoins, il parut évident que, pour la paix de Molsheim en général et des Himmel en particulier, il fallait qu'Émile traverse les Vosges d'est en ouest, prenne le premier train pour Paris et demande à sa mère l'autorisation d'épouser une Allemande de basse extraction. Émile n'avait pas peur, certes, mais il devait bien avouer qu'il avait connu des moments plus agréables, notamment au cours de la nuit précédente où, sans faire exprès, il avait grimpé les escaliers sur la pointe des pieds et, toujours sans faire exprès, rejoint Lucie dans son lit où ils avaient par inadvertance fait l'amour.

Il serra ses futurs beaux-parents dans ses bras, leur souhaita un merveilleux début d'été et leur promit de revenir très bientôt avec une bonne nouvelle et une bague.

Ce fut la dernière fois qu'ils le virent.

14

J'avais écouté sans prononcer un mot. Il est des circonstances où l'on a la sensation que la moindre parole peut arrêter net le flux du récit.

La guerre avait éclaté moins d'un mois après le départ d'Émile.

Si elle n'était l'affaire que de quelques semaines, il existait néanmoins la possibilité de n'en pas revenir. Lucie, qui même dans l'épreuve avait toujours été courageuse et ne s'était jamais départie de son sourire, plongea dans une profonde angoisse. Une ride verticale barra son front. Son Émile à la guerre. Il n'était pas taillé pour ça, c'était un romantique, pas un guerrier. Il lui fallait des crayons, du papier, une plume. Qu'allait-il faire dans cette galère ? Il y avait bien assez de bras en France. Elle espérait encore qu'il pourrait y échapper, qu'il pourrait, pourquoi pas, se faire engager chez Bugatti qui avait son usine à Molsheim, il aurait été très bien.

Quelques jours avant la mobilisation, Émile lui avait écrit pour la rassurer, lui dire qu'il ne risquait rien, que l'armée française était bien supérieure à celle des Prussiens, qu'il lui enverrait une lettre de Berlin avant la Toussaint, qu'il l'aimait et qu'il avait hâte de la retrouver, que sa mère finirait par comprendre, qu'ils partiraient tous les deux en Amérique.

En Amérique ?

Oui, en Amérique.

M. et Mme Himmel ne furent pas enchantés par cette information dont ils prirent connaissance lorsque, profitant d'une course de leur fille au bourg, ils ouvrirent une enveloppe qui ne leur était pas destinée. La dernière qu'elle reçut, une lettre accompagnée d'un portrait d'Émile en uniforme.

J'avais nourri le secret espoir de trouver ici des lettres envoyées depuis le front. Si Joplain écrivait jour et nuit, comme le racontaient ses camarades, et puisque sa mère n'en avait visiblement pas été la destinataire, les lettres devaient fatalement parvenir à Lucie. J'avais oublié un détail qui pourtant m'occupait depuis plus de dix ans : la guerre.

Comme nous l'avons vu, parmi les centaines de lettres écrites à partir du mois d'août 1914 par Émile Joplain à Lucie Himmel, pas une seule ne parvint à Molsheim. Tous ces mots d'amour n'ont jamais atteint le cœur de l'être aimé. Toutefois j'avais la confirmation de ce que m'avaient rapporté Moriceau et Létoile : les amoureux avaient bel et bien prévu de traverser l'Atlantique. Et s'ils n'avaient pas jugé utile de prévenir qui que ce soit, c'est que la mère Joplain n'avait pas été encline à accompagner son fils adoré au pied de l'autel.

La suite de l'histoire tient en quelques phrases : Lucie fut prise de chagrin et d'inquiétude. Elle se mura dans un silence que rien ni personne ne semblait pouvoir briser. Sa ride se creusa, ses cheveux grisèrent, la lumière dans ses yeux prit une couleur de cendre, elle perdit l'appétit, le sourire et, à mesure que la guerre s'éternisait, une partie d'elle-même.

On ne peut pas dire qu'il faisait spécialement bon vivre dans la région. Les cloches partaient à la fonderie, les garnisons défilaient. On manquait de tout. Et par-dessus le marché, les Allemands devenaient soupçonneux. Trop d'Alsaciens avaient déserté pour rejoindre les rangs ennemis. Il fallait se méfier de ce peuple insuffisamment germanisé. À Rosheim, l'usine textile qui employait Lorenz Himmel, trop vieux pour partir à l'armée, se transforma en usine à munitions. Il continua à y aller, qu'aurait-il pu faire d'autre ? Il travaillait plus lentement, sans application. Il a tenu un mois. L'idée que l'une de ses munitions traverse le corps d'Émile devint insupportable, il quitta son poste et se remit au service des producteurs agricoles pour qui il avait jadis trimé. C'était plus dur, c'était à l'extérieur. Mais c'était loin de la ville et de ses rumeurs.

Un automne triste arriva. Lentement suivi par un hiver maussade, un printemps déprimant et un été lugubre. Une année morte, une année pour rien.

Lucie ne savait pas si Émile était mort ou vivant. Nous étions en 1915.

Elle finit par dire à ses parents qu'elle partait à Paris à la rencontre de Mme Joplain. Elle n'avait qu'une question à lui poser : son Émile était-il toujours de ce monde ?

Elle ne reviendrait pas avant de le revoir. Elle partit de nuit par le chemin des Vosges, refusant que son père l'accompagne. Il fallait être discret. Très discret.

Elle n'est jamais revenue.

15

Les Himmel m'invitèrent à passer la nuit chez eux. Il était tard, ils étaient fatigués. Trop fatigués pour se rendre compte que nous n'avions pas dîné.

Ils avaient gardé la chambre de Lucie. Dix ans qu'elle était partie. Une petite armoire, un lit, un bureau et une chaise. Je m'y trouvai comme un intrus, ne sachant si je pouvais m'allonger dans les draps. Je me représentai l'attente de la jeune femme, le moment où elle voyait son amant entrer dans la chambre, sentait son poids qui abaissait légèrement le matelas à l'instant où il s'allongeait à ses côtés. La fenêtre ne laissait apparaître qu'un faible reflet de lune.

Je m'arrêtai devant l'armoire, hésitai à l'ouvrir. Pourtant, j'étais ici pour cela. Fouiller. Je fouillais dans les souvenirs, je fouillais dans les secrets et dans les mensonges. Alors j'ouvris cette armoire, dans l'espoir de trouver une piste, un journal intime, une lettre, une carte postale ou que sais-je encore. Il n'y avait rien que trois robes, accrochées les unes à côté des autres. Des robes au tissu épais, souvent rapiécées. Et une paire de chaussures grossières. J'étais dépité, comme si j'avais espéré y découvrir une robe de mariée.

Je repensai à une lettre que m'avait écrite Anna alors que j'étais reparti au front. Nous n'avions pas pu nous marier avant la guerre, et, comble du gâchis, nous nous sommes mariés par procuration en 1916. Elle m'avait écrit que, ce jour-là, elle avait porté sa plus belle robe et placé une fleur dans ses cheveux. C'était à l'époque où je conduisais sur la Voie sacrée. Impossible de m'absenter. Je faisais mon devoir.

C'était ce que je croyais. Bien sûr, j'avais été utile. Je n'en doutais pas une seconde. Il n'empêche que j'aurais dû rentrer quand j'en avais le droit. Quand Anna avait besoin de moi. Il n'y avait pas que la France, ce si beau pays pour lequel nous tombions comme des mouches, qui avait besoin de moi. La vérité, c'est que je n'aurais pas pu rentrer, parce que j'avais peur d'affronter le monde, parce que nous avions appris à nous mentir, à croire qu'il était juste que nous soyons là et que nous mourrions pour sauver notre patrie.

J'ai passé quatre ans sans voir mon Anna.

Quatre ans.

Quatre ans.

À mon retour, c'était l'euphorie dans la ville. Je suis arrivé à la maison. Mon cœur battait à cent à l'heure. Je suis entré dans la cuisine. Elle avait dû entendre le bruit de mon cœur. Elle s'est avancée. Elle était face à moi. Elle avait changé. Elle avait maigri. Elle avait les yeux qui brillaient. Elle pleurait. Elle tripotait nerveusement le rebord de son tablier. Elle bougeait ses lèvres, à peine, les mots ne sortaient pas. Elle n'avait pas très bonne mine. Elle était belle. Elle me manquait encore. Elle était là mais elle me manquait parce qu'elle m'avait trop manqué. Manqué à en pleurer en plein jour, manqué à en avoir peur de la revoir. Et j'étais là avec un bout de bras en moins et des horreurs plein la caboche, et je ne savais pas quoi lui dire. Alors je lui ai dit bonjour. Elle m'a répondu bonjour.

Et on a souri et pleuré.

Et c'est le sourire qui a gagné.

Elle a regardé mon bras et m'a dit qu'elle me préférait comme ça, qu'elle pouvait bien me le dire à présent, elle n'avait jamais aimé mon bras gauche. Mais alors pas du tout. Ça avait été un tel soulagement pour elle d'apprendre que je l'avais refilé aux Allemands. Et puis elle m'a dit que c'était la première fois qu'elle touchait son mari, que la dernière fois que nous nous étions vus, nous n'étions que des fiancés.

Des années plus tard, dans cette petite chambre alsacienne, je me remis à pleurer. Quatre années. Sans Anna. Pour rien. En un instant, toutes les permissions refusées défilèrent. La voix du médecin qui me dit avec la plus grande douceur dont il pouvait faire preuve que j'allais me remettre de cette amputation, que j'allais apprendre à vivre autrement et que j'allais pouvoir retourner chez moi quelques jours. Et moi.

Non. Retourner chez moi. Impossible. Ma place est ici.

Ma

Place

Est

Ici.

Ma saleté de place est ici.

Quatre années. Quatre années à avoir peur de revenir. Et Anna qui me prend dans ses bras sans aucun reproche. Elle avait bien vu les voisins qui revenaient en permission. Une semaine d'amour, une semaine d'aide, une semaine volée à la guerre. Et moi, jamais.

Nous n'en avons jamais parlé.

Elle ne me l'a jamais reproché.

Je ne me le suis jamais pardonné.

Le lendemain, je suis reparti à pied jusqu'à Strasbourg. Cinq heures. Lorenz et Elsa avaient insisté pour m'accompagner, me trouver un moyen de transport. J'avais refusé. Marcher des heures était la seule chose qui me calmait lorsque mes angoisses revenaient, quand la culpabilité se faisait trop forte ou quand mes enquêtes patinaient.

Les premiers mois de la guerre, l'état-major était persuadé que c'était ça le secret : la marche. Sur des dizaines, des centaines de kilomètres. Sous la chaleur, sous la pluie, dans le vent, dans la neige. De longues files indiennes de citoyens décidés, puis de longues files indiennes de poilus résignés. Il y avait des trains, des chevaux, des carrioles, des voitures. Le poilu marchait, sous le poids de son barda.

Une pause. Et on remettait nos havresacs. Dix kilomètres, vingt, quarante. Les pieds qui chauffaient, les épaules qui s'affaissaient. Et on remettait nos havresacs.

En murmurant et en chantant. En pleurant et en priant.

Dans les tranchées, dans les boyaux, on remettait nos havresacs. Somme, Artois, Marne, Verdun. On démarrait, on avançait. On obéissait. Devant nous des havresacs, derrière nous des havresacs. Des voitures, des camions pour lesquels on s'écartait. On dégageait la route, en se calant dans les fossés, en montant sur les parapets. On en profitait pour s'asseoir une minute ou deux. Quand il pleuvait, on n'osait pas toujours, pas au début en tout cas. À la longue, on s'en foutait, on remettait nos havresacs. Boue, pas boue, pluie, pas pluie, il fallait avancer.

On se racontait nos amours. Ceux qu'en avaient pas inventaient. Ceux qu'en avaient plus se souvenaient. Ceux qu'avaient pas été gâtés embellissaient. Ça sert à ça, les histoires, à rendre la vie meilleure. On avait les pieds lourds, alors on s'interdisait d'avoir le cœur trop lourd. On ne pouvait pas ajouter les larmes à la pluie, on aurait coulé. Et il fallait avancer. On remettait nos havresacs qu'on remplissait d'histoires d'amour d'un peu tout le monde, ça resservirait toujours. L'amour, ça se partage bien, t'en prends un bout, il en reste autant à celui qui t'a raconté l'histoire. C'était facile d'être généreux. Et pour cela, celui qui était le meilleur, d'après tous ceux qui l'avaient rencontré, c'était Joplain. Son histoire surpassait toutes les autres. Macaret, Létoile, Moriceau, tous en parlaient avec des lumières plein les yeux.

16

Dès mon retour, alors que je pensais que mon enquête avait fait un bond, je me heurtai à un mur. Aucune trace d'affectation du côté d'Émile. Aucune source d'information du côté de Lucie. Aucune réponse à mes courriers.

Ils semblaient s'être volatilisés.

L'année 1926 passa à toute allure.

Je revois encore Davisse m'accueillir un soir de décembre en me déclarant fièrement : « Population française : 40 743 851 personnes. » Depuis le recensement du mois de mars, il attendait le résultat avec impatience. Entre-temps, on avait ouvert une bouteille pour fêter le Nobel de la paix attribué à Briand et Stresemann qui œuvraient pour un rapprochement pacifique entre la France et l'Allemagne, dix ans pile après Verdun. C'était l'année de la fameuse robe noire de Coco Chanel. Davisse et moi, on n'avait rien compris à toute cette histoire pour une robe. Et il y avait Joséphine Baker dont tout le monde parlait. Davisse avait tenté de m'entraîner aux Folies-Bergère pour assister à sa fameuse revue. Il me disait que ça me ferait du bien de voir autre chose que la guerre. Alors que je m'empêtrais dans ces années maudites, mon ami profitait de ce que la paix pouvait lui offrir.

C'était également en 1926 que la Cour de cassation avait rejeté pour la deuxième fois le dossier de réhabilitation des caporaux de Souain. Si Blanche Maupas avait été dans un premier temps dévastée, elle avait fini par reprendre du poil de la bête en créant un nouveau comité de soutien pour la réhabilitation des victimes de guerre. Son courage et son abnégation m'avaient poussé à redoubler d'efforts dans l'affaire Joplain.

Je n'ai pas réussi à combler totalement les trous dans l'histoire d'Émile. Il subsistait certains hasards, quelques détours que j'avais du mal à saisir.

Quant à la mère Joplain, elle s'enferrait dans son mensonge et me disait qu'elle ne me payait pas pour suivre la piste de Lucie Himmel. Ce n'était qu'une amourette de jeunesse, une erreur regrettable, il n'y avait rien à creuser de ce côté-là, inutile de perdre mon temps et son argent, elle voulait retrouver son fils. L'Amérique ? Jamais entendu parler. Christophe Colomb, tout ça, tout ça, oui peut-être mais aucun rapport avec son fils.

Je n'insistai pas. Après tout, elle me rémunérait grassement et je m'étais pris au jeu de cette enquête plus que je ne l'avais envisagé.

Je suis allé raconter mon voyage alsacien à Davisse. Son bureau était vide. Pourtant, je l'entendais chanter. Au début faiblement puis, à mesure que je m'approchais de son grand placard à archives, plus distinctement.

Adieu la vie, adieu l'amour
Adieu toutes les femmes
C'est bien fini, c'est pour toujours
De cette guerre infâme

Je me raclai la gorge afin de manifester ma présence. Davisse tomba du placard, rougissant à l'idée que j'aie pu l'entendre chanter. Pour reprendre une contenance, il m'annonça : « Nombre de titres successifs de *La Chanson de Craonne* : trois. Les deux autres étant *Chanson de Lorette* et *Chanson de soldat.* »

Il laissa filer quelques secondes, continua à rougir et ajouta : « Je préférerais que ce moment reste entre nous. Je ne suis pas censé chanter ici. Encore moins des chansons antimilitaristes. »

Je m'amusai du trouble de mon ami, qui me raconta qu'il était allé dans un café qui avait fait l'acquisition d'une radio. Sitôt la fin des programmes, quelques anciens soldats s'étaient mis à chanter. *La Madelon*, *Rosalie* et, fatalement, *La Chanson de Craonne.*

Il m'a ensuite donné un morceau de papier : « Tiens, d'ailleurs, j'ai travaillé pour toi. Parmi les anciens soldats, il y avait un certain Henri Bourdon. Figure-toi qu'il a connu ton Joplain. Ils ont fait un bout de chemin ensemble après sa sortie de l'hôpital. »

J'ai pris mon ami dans mes bras et j'ai directement filé à l'adresse indiquée.

C'était pas très loin de Paris. Moins de deux heures après, j'y étais.

Une femme m'a ouvert la porte, un homme sur ses talons. Elle le dépassait d'une tête et m'a demandé si j'étais un ami d'Henri. J'ai dit que oui, en quelque sorte. Elle s'est effacée discrètement, au prétexte d'une course à faire.

L'homme était petit, bourru et tenait coincé entre ses lèvres un mégot éteint. Il m'a fait entrer, me demandant au passage qui j'étais et si j'étais là pour lui vendre quelque chose.

Il ne se souvenait plus de sa rencontre avec Davisse. « V'savez, la nuit, j'fais pas dans la sobriété. La seule chose bonne que j'aie rapportée des tranchées, c'est mon goût du pinard. Pour ça, on n'en manquait pas souvent ! Mais je ne bois que la nuit ! »

Il a souri bizarrement et, je dois le dire, assez bêtement. Il nous a servi deux grands verres de vin.

Lorsque je lui ai fait remarquer qu'il ne faisait pas encore nuit, il a fermé les volets de la pièce en marmonnant qu'il était tombé sur un qu'a des principes mais comme ça on dirait qui f'rait nuit.

Rasséréné, il s'est assis dans un fauteuil face à moi.

« Vot' Joplain, m'en souviens bien parce que c'était en plein jour que je l'ai rencontré. En plein jour de 1917. Il sortait tout juste de l'hôpital et on devait rejoindre une compagnie à Arras, dans le

Pas-de-Calais. Même qu'il m'a raconté son histoire de fiancée qu'il devait amener aux Amériques.

« C'était un sacré romantique. Il plaisantait pas avec ça. Nous autres, on était pas toujours les plus finauds. On rigolait bien. Et quand c'est qu'on allait un peu à l'arrière, on se gênait pas pour reluquer un peu l'habitante. Sans rien faire d'mal, on était quand même pas des sauvages. Enfin, vous savez, z'avez connu ça.

« Et puis faut nous comprendre, on n'en voyait pas beaucoup, des femmes, au front. Et quand on les voyait, c'est qu'on était mal en point. C'était les infirmières. C'est pas un endroit pour les femmes, le front. Déjà que c'est pas un endroit pour les hommes... C'est un endroit pour personne d'aut' que les soldats qu'ont pas le choix d'être là.

« Les animaux, ils sont moins cons qu'nous, ils y vont pas. Parfois, on tombait sur une carcasse d'un pauv' canasson ou d'un bourricot qu'on avait obligé à être là. Ou, quand on traversait un village, on y trouvait quelques charognes de bovins qu'avaient été pris au piège. C'est un endroit pour le diable. C'est lui qui nous a envoyés là.

« Des bombes, du froid, des rats, des poux. J'tiens pas à ce que ma Georgette soit au courant de tout ça. Quand j'suis revenu, j'y ai pas raconté. Pas tout. On raconte pas les larmes. C'est pas un truc qu'on veut se souvenir.

« Ma Georgette me presse de lui raconter, elle me dit que j'peux tout lui dire. J'sais bien qu'y faut pas.

J'veux pas lui mettre des cauchemars plein la tête, des images de charognes. Ça serait un coup à lui enlever la lumière qu'elle a dans les yeux. Z'avez vu ça, non ? Elle est pas croyable cette lumière. Quand j'l'ai rencontrée, j'avais toujours l'impression qu'elle se moquait de moi. Elle me taquinait tout le temps. Parfois un peu fort, même. Et puis un jour, j'sais pas à quoi ça tient, mais la lumière a changé. C'est là que mon cœur s'est fendu. Allez pas croire, j'aimais bien quand elle me taquinait, ça voulait dire qu'elle m'aimait bien. Georgette, c'était déjà pas une fille comme les autres à l'époque où j'l'ai connue. Je crois bien qu'il y en a qui la trouvaient bizarre. On racontait qu'elle avait des animaux imaginaires autour d'elle et qu'elle leur parlait. Ben, je vais vous confier un secret : elle m'en a donné un pour me protéger des balles et des obus. Pasiphaé qu'elle l'avait appelé, parce qu'il était soi-disant immortel et magicien et j'sais plus quoi. C'était un truc de la mythologie. Georgette, elle lisait beaucoup de mythologie grecque, d'Ulysse et d'Achille et de toute la bande qu'a voulu attaquer Troie pour une histoire de femme qui s'appelait Pénélope. Ah non, pardon, Pénélope, c'était celle d'Ulysse qui tricotait tout le temps en attendant que son mari revienne. Celle de Troie, c'était Hélène qu'était partie avec un homme qu'était pas le sien. Bref, faut croire que Pasiphaé a fait du bon boulot puisque je suis revenu. Elle m'avait dit qu'il avait un prénom de fille mais qu'il n'y pouvait rien, il n'avait pas eu le choix, que je pouvais l'appeler Pasi si je voulais. Elle disait que c'était une espèce de pingouin à palmes blanches qui gribouillait sur les murs. Je sais pas où elle allait chercher tout ça. Ça m'paraît pas très académique comme mythologie. »

Il s'est mis à parler plus bas, comme s'il était un peu gêné ou comme s'il avait peur de ce qu'il était en train de me raconter.

« Une fois, je suis resté dans un trou d'obus pendant trois jours. Trois jours et trois nuits. Y avait plus que d'l'eau croupie avec des macchabs qui baignaient dedans. J'avais rien à becqueter non plus, évidemment. Et ça pleuvait des bombes. Et le tacatac des mitrailleuses qui me perçait les oreilles. Rien à faire, j'pouvais pas sortir. J'allais mourir de faim et de soif. Le deuxième jour, j'ai parlé à Pasi pour passer le temps. Il pouvait pas répondre, mais ça me rassurait de savoir qu'il était là. La deuxième nuit, j'lui ai parlé de Georgette. J'lui ai dit que si par malheur j'sortais jamais de ce trou maudit, fallait qu'il lui dise à quel point elle avait été importante pour moi. J'ai connu un officier qui disait toujours avant de monter au créneau : "Mes amis, ça a été un honneur de combattre à vos côtés !" Ben moi, je voulais que ma Georgette sache que ça avait été un honneur de m'endormir sur sa poitrine. J'voulais lui dire qu'elle avait les plus beaux seins du monde, et qu'la dernière chose à laquelle j'penserais avant d'mourir, ça serait l'odeur de sa peau et puis la lumière de ses yeux. Vous avez vu ses yeux ? Au début je savais pas s'ils étaient beaux ou pas, mais je savais qu'ils me plaisaient. Et puis Pasiphaé a disparu. C'était le soir du troisième jour. »

Il s'est approché de mon oreille. Je sentais contre mon cou le souffle de sa voix émue.

« La nuit, j'sais pas comment il a fait pour la trouver, mais Pasiphaé m'a ramené la Fille de la Lune. J'vous jure. On savait qu'elle était dans le coin. On la guettait depuis des semaines. Elle dansait entre les macchabs, elle sautillait. Là, elle a rien fait de tout ça ou alors j'ai pas vu parce que j'étais trop faible. Elle m'a juste donné une gourde d'eau et un morceau de pain. Et elle a disparu. Les copains, ils m'ont jamais cru, alors j'ai arrêté de raconter cette histoire.

« Si je raconte tout ce que j'ai vu comme horreurs à ma Georgette, j'ai trop peur qu'elle parvienne plus à croire à ses animaux imaginaires. Et ça enlèverait de la lumière à ses yeux. Et sans cette lumière, je serais perdu. »

Cette histoire de Fille de la Lune commençait à m'obséder. J'avais la sensation qu'elle m'accompagnait partout où j'allais depuis des semaines. Je pensais avoir réglé la question grâce au *Feu* de Barbusse. Mais le livre avait été écrit en 1916 et l'histoire que m'avait racontée Bourdon avait eu lieu en 1917. Autant j'avais des doutes quant à ses histoires d'animal imaginaire parti récupérer de l'aide à l'intérieur des lignes, autant je n'en avais aucun quant à son sens de la chronologie. Le bougre avait toute sa tête.

Dans le livre, la fameuse Eudoxie Dumail meurt. Son corps momifié dans la boue tombe dans les bras de l'homme qui l'aimait en secret. Un de ces hasards macabres dont la guerre a le secret. Si Eudoxie Dumail était morte avant que Barbusse ne publie *Le Feu*, c'était qu'elle n'était pas celle qui avait donné du pain et de l'eau à Bourdon.

17

C'est donc dans le Pas-de-Calais que j'ai retrouvé sa trace. Bourdon l'avait vu pour la dernière fois à Arras au moment où il quittait la compagnie : « Joplain a été appelé. Alors vous expliquer par qui et pourquoi… J'en sais fichtrement rien. Ce que j'peux vous dire, c'est qu'on était en mars 17. »

Merci pour l'information.

Sa vague connaissance de l'allemand lui avait semble-t-il permis d'effectuer des opérations de reconnaissance au bénéfice de l'armée canadienne.

Remonter la piste de Joplain dans les rangs d'une armée étrangère a été particulièrement ardu. Selon plusieurs témoignages, il avait intégré une compagnie stationnée à Arras. Ladite compagnie avait participé à plusieurs assauts infructueux sur la crête de Vimy. C'était un des points forts de la défense allemande. Français et Britanniques y avaient déjà laissé pas loin de cent cinquante mille hommes en deux ans. Autant dire que lorsque les Canadiens sont arrivés personne n'y croyait plus. Sans compter que les Allemands avaient considérablement fortifié leur position. Et pourtant quatre divisions canadiennes y étaient désormais stationnées. Quatre-vingt mille hommes prêts à partir à l'assaut.

À leur tête, un certain Julian Byng. Les soldats que j'avais rencontrés en parlaient avec une admiration sans bornes. Contrairement à ce qu'avaient fait les Français et les Britanniques, il avait tenu à organiser un assaut en plusieurs vagues. Pour cela, il avait besoin de responsabiliser au mieux son armée. Il voulait que chacun maîtrise au mieux la géographie du site : les soldats et l'artillerie. Il a fait percer des tunnels, mis en place des tireurs d'élite, fait en sorte que chacun connaisse et comprenne précisément sa propre mission.

Son idée était de mener une attaque de la « butte de la mort » sur quelques jours et de ne surtout pas renouveler les erreurs de la Somme en s'enlisant dans une bataille interminable.

Dans la vie d'un soldat, c'est pas tous les jours qu'on rencontre un chef comme ça. On avait tellement été chair-à-canonisés que, lorsque j'avais entendu parler de Byng, je m'étais dit qu'il en aurait fallu plus des comme lui. On aurait gagné du temps et des vies.

C'est justement toute cette organisation tactique qui a amené notre Joplain à Vimy : il fallait reconnaître les lieux, transmettre des informations, guetter, épier, écouter et, pourquoi pas, faire un prisonnier que l'on pourrait passer à la question. Et ceux qui connaissaient le mieux la place, c'étaient les Français.

Or, les soldats français stationnés près d'Arras commençaient à en avoir plein le dos de servir de passe-temps aux mitrailleuses teutonnes. Ça commençait à parler un peu fort, à se demander s'il n'allait pas falloir songer à quitter cette dinguerie d'armée. On parlait mutinerie, on parlait retour à la maison, on parlait désertion.

Joplain, lui, ne connaissait pas spécialement la zone de combat. Ça ne l'a pas empêché de se porter volontaire. Sans doute a-t-il fait valoir son expérience de Verdun et sa connaissance de l'allemand.

Et c'est là que ça se complique : si j'ai pu retrouver sa trace dans la compagnie française, je manquais cruellement d'éléments. La correspondance avec le Canada était longue et fastidieuse. J'ai dû envoyer une bonne centaine de lettres aux états-majors, aux associations d'anciens combattants, aux mairies, partout. La plupart des réponses ne m'apportèrent aucun élément nouveau. En revanche, j'en reçus une émanant d'un dénommé Johnny Cook qui avait combattu dans le corps expéditionnaire canadien.

C'est dans cette lettre qu'il me raconta que Joplain s'était retrouvé en mission de reconnaissance avec un Amérindien. Je n'avais jamais eu l'occasion d'en croiser, à la guerre. Mais on parlait beaucoup d'eux.

L'arrivée des Indiens d'Amérique avait marqué les esprits. Il y avait eu comme une étrange rumeur qui avait parcouru les tranchées. Les Indiens d'Amérique. On parlait d'un mystérieux peuple à moitié sauvage. On ne les connaissait pas. La seule fois qu'on en avait vu, c'était à l'exposition de 1892 au Jardin d'acclimatation, à Paris : trente-deux Amérindiens, enfermés dans des cages, qui avaient suscité la curiosité des visiteurs avides d'exotisme.

Au front, c'était une autre affaire. Ils étaient redoutés. Et particulièrement des Allemands. À cause notamment de la précision de leurs tireurs d'élite. Ils se cachaient dans leurs nids. On ne les voyait pas, on ne les entendait pas. Et ils faisaient mouche. On racontait des histoires incroyables. Je me souviens notamment de celle d'un certain Thomas Longboat, un Iroquois coureur de fond qui se serait pris vingt-quatre balles et aurait continué à courir comme si de rien n'était ou presque. On l'aurait même déclaré mort à deux reprises. Mais rien à faire, il se relevait et repartait.

Forcément, ces histoires, ça circulait dans les tranchées. Ça faisait du bien d'avoir des invincibles parmi nous. Il n'y avait pas que la Fille de la Lune pour se promener avec cette inconscience au milieu des balles.

On disait qu'on entendait les tam-tams, des chants bizarres qui venaient des entrailles de la Terre. On en avait vu danser en rond. Comme des enfants. Des enfants adultes, des enfants sauvages au regard de feu. On disait qu'ils étaient les meilleurs guerriers, les meilleurs coureurs, les meilleurs cavaliers, les meilleurs viseurs. Et le soir, quand la Lune éclairait le no man's land, on distinguait leurs silhouettes qui dansaient pour elle. Il y avait ces longs murmures et ces voix graves et rauques. On racontait qu'ils glissaient comme des serpents et savaient imiter le vol du corbeau. On racontait que lorsqu'ils mouraient leurs esprits tournoyaient avant de revenir et de se réincarner pour repartir au combat.

Ils parlaient des langues incroyables, des sons qu'on n'avait jamais entendus et qu'on n'était même pas certain de pouvoir reproduire. Des langues que personne n'était capable de traduire. Pas même les Canadiens ni les Américains.

Encore moins les Allemands.

Ces Indiens, c'étaient des *code talkers*, parfaits porteurs de messages incompréhensibles aux non-initiés. Depuis trois ans, on tirait des lignes téléphoniques dans les tranchées et les informations étaient interceptées. Et d'un seul coup : miracle. Il suffisait d'utiliser le savoir des Indiens d'Amérique. Ceux-là mêmes qui n'avaient plus le droit d'utiliser leurs langues dans leur pays, ceux qui n'étaient même pas considérés comme des citoyens à part entière.

Joplain se retrouvait donc une nouvelle fois au plus près des lignes ennemies. Leur mission, à lui et à son camarade amérindien, était d'observer, de repérer les pièces d'artillerie, de tenter de surprendre des conversations, de noter tout ce qu'ils voyaient et de communiquer leur rapport dans les plus brefs délais, grâce à un poste équipé d'une ligne téléphonique. C'est à ce moment que les *code talkers* entraient en action. Leurs données étaient annotées et comparées aux photographies aériennes.

Selon Cook, Joplain n'avait pas participé à proprement parler à la bataille, il n'avait œuvré qu'à la reconnaissance des lieux. La dernière fois qu'il l'avait vu, c'était la veille du combat, le 8 avril 1917. Joplain était très agité. Il y avait un autre homme avec lui, un homme avec un drôle d'accent. Et selon la rumeur, ils s'apprêtaient à déserter pour rejoindre une femme, une Allemande qui travaillait au fort de Vimy.

Une femme. Évidemment. Lucie ? Était-il possible qu'elle fût parvenue jusque-là ?

18

Je retournai voir Davisse pour lui faire part de mes récentes découvertes.

Il sortit du registre à l'intérieur duquel il était entré par je ne sais quel miracle morphologique. Il épousseta les épaulettes de sa veste, chaussa ses lorgnons et me fixa avec un grand sourire. « Nombre de jours passés sans te voir : cinq. Nombre de nuits passées à trinquer à la gloire de la France avec des soldats de 14 : quatre. Nombre d'heures de sommeil : quinze. Nombre de litres bus : vingt et un. Vive la France. Nombre de personnes qui ont croisé la Fille de la Lune : une. Vive la République. »

Davisse me prit par le coude, ce qu'il n'avait jamais fait jusque-là, et nous traversâmes Paris. En chemin, il m'expliqua que son témoin, un dénommé Jean La None, n'avait peut-être plus toute sa tête. Il avait fait l'Artois et y avait laissé certaines facultés mentales. Néanmoins, son histoire valait le détour. Nous nous retrouvâmes dans l'un de ces lieux où se réunissaient les anciens de la der des ders.

Il me désigna un visage fatigué sous un chapeau trop petit. Une place face à lui venait de se libérer, nous rajoutâmes une chaise. Il ne sembla pas reconnaître Raymond, qui ne s'en offusqua pas – il avait l'habitude : à part moi, personne ne le reconnaissait jamais. Il se tourna vers le patron et lui fit signe de nous apporter trois verres.

Je demandai s'il avait entendu parler de la Fille de la Lune. Il vida son verre d'un trait.

Ses yeux s'éclairèrent.

« Ah ça, pour sûr que j'en ai entendu parler. Oh l'autre ! Tout le monde la connaît, la Fille de la Lune. Sauf que moi, je sais des choses sur elle. »

Je sentais bien qu'il n'en faudrait pas beaucoup pour le faire parler. Mais par sécurité, je commandai au patron une deuxième tournée. La None me remercia d'un geste du menton, attendit que son verre arrive, le prit entre ses doigts.

« C'était avec les cinq moustaches. »

Voilà un récit qui partait sous d'étonnants auspices. Raymond, qui avait surpris mon étonnement, haussa les épaules, d'un air de dire qu'il m'avait prévenu qu'on avait affaire à un drôle de zigue. Pour être certain de bien tout saisir, je lui demandai de me préciser un peu cette histoire des cinq moustaches.

« On les appelait comme ça parce que c'était des moustaches. Me souviens plus de leurs vrais noms. Y avait p'têt' bien un Arthur.

— Pardon, vous dites que c'était des… moustaches ?

— Oui, des moustaches. Sans les hommes. C'est rare, mais ça arrive.

— Excusez-moi, vous insinuez que des moustaches se trimballaient comme ça, sans les visages qui vont avec, sans les corps ni rien ?

— Voilà, rien que des moustaches. »

Il s'est interrompu. Il avait perdu son air un peu loufoque. Ses yeux brillaient à présent d'une lueur folle. J'ai compris qu'il ne se laisserait pas interrompre une nouvelle fois.

« C'était la guerre. Un vrai boxon du diable. On n'allait pas s'arrêter à chaque fois qu'il y avait un truc bizarre ! Il y avait de tout dans les tranchées : des corps sans tête, des bouches sans personne, des morceaux de canassons, des extraits d'hommes et j'en passe. Une horreur. »

Il a laissé filer quelques secondes, plantant son regard dans le mien. Sa voix était rauque et laissait entendre le sifflement de sa respiration.

« Certains disaient que c'était des automutilés. On n'en parlait pas trop, c'était pas bien vu. Les officiers vérifiaient tout. Les médecins avaient même reçu des consignes et des listes de trucs à bien vérifier. Comme par exemple les traces de poudre. »

Davisse, qui n'avait pas saisi la transformation de notre interlocuteur, lui demanda de préciser. La None tapa du plat de la main sur la table et reprit :

« Bah oui, mon vieux, quand tu te prends une balle allemande au milieu du ventre, elle laisse pas de traces de poudre ! Ça éclabousse du sang, et pis c'est tout. Mais si y a de la poudre… c'est que la balle a été tirée de tout près. Malins, les officiers ! Fortiches ! Bref, les cinq moustaches, on disait que c'était des automutilés récidivistes. Que pour rentrer chez eux ils avaient commencé à s'amputer une main. Et comme on les a renvoyés au front, ils se sont coupé un pied. Pareil, dès que ça a cicatrisé : retour au front. Et le second pied coupé, et le bras, et la deuxième main, et les épaules, et le tronc. À la fin, y avait plus rien à couper : il restait plus que les moustaches. Eh ben, même les moustaches, on estimait qu'elles devaient retourner au front. Toujours, toujours, toujours, toujours, toujours. Fallait se battre, sinon la guerre elle serait perdue ! Malinches, les officiers ! »

Je regardais mon camarade Raymond, qui regardait une mouche, qui elle-même semblait gênée par la conversation. Jean La None était peut-être sympathique, mais il ne me paraissait pas la source la plus fiable du monde. Ni même du bistrot. Raymond se permit de le relancer.

« Vous nous parliez de ces cinq moustaches…

— Oui, pardon. Ben, ces cinq moustaches, elles étaient tout le temps ensemble. Compagnons des mauvais jours comme des bons, même si des bons, il y en avait pour ainsi dire pas.

— Et ?

— Ben rien, c'était la guerre. Ça tirait de partout. On dit que je suis tête en l'air, mais là je l'avais dans la boue. Je voyais pas de raison de la laisser en l'air. Y avait rien de beau à voir en haut. Trop de fumée, de gaz, de poussière. Et les fantômes des soldats qui se grouillaient de quitter cet enfer. J'ai jamais aimé les fantômes, suis pas pressé de les rejoindre. Je peux vous dire qu'au front, si on voyait pas les étoiles, c'est parce qu'il y avait trop d'âmes de soldats entre elles et nous.

— Et donc, vous n'avez rien vu ?

— Bah non.

— Et la Fille de la Lune, alors ?

— Ah oui, pardon, j'oubliais. »

Il resta silencieux. Je commandai une nouvelle tournée, ce qui eut pour effet de ranimer l'histoire.

« Les cinq moustaches l'ont vue. La Fille de la Lune. Elle existait pour de vrai. Mais elle venait pas pour détrousser les moribonds ou pour récolter les dernières paroles. Elle venait pour chercher son fiancé. Quand elle se penchait sur les soldats qu'étaient au sol, c'était pour savoir si on l'avait vu. Ils m'ont dit qu'elle était un peu folle. C'était comme si ses yeux renvoyaient pas la lumière. Elle était là, rampait entre les corps, passait de l'un à l'autre et leur murmurait des mots. Les cinq moustaches se sont rapprochées pour entendre ses paroles. Elles pensaient au début qu'y avait que des consonnes, mais c'était pas possible ou alors elle était polonaise, il paraît que là-bas ils utilisent presque pas de voyelles, ils disent que ça sert à rien ou j'sais pas quoi. Et puis non, elle était pas polonaise pour un sou, elle parlait bien français avec un accent tout abîmé. Elle montrait une photo de son fiancé. Elle disait : “Tu le connais ? Il est beau comme un prince et il parle comme un poète.” Et c'était tout. Après, ça a recommencé à péter et elle a disparu. Sur le moment, ils ont pensé qu'elle était morte. Y avait un énorme cratère à cause d'un obus tombé pile où elle se trouvait. Trois nuits plus tard, elle réapparaissait. À croire qu'elle était plus forte que les obus. »

Je restai pétrifié.

Lucie Himmel aurait donc été la Fille de la Lune. C'était en tout cas une option qui paraissait de plus en plus solide.

La None avait beau envelopper son histoire d'une brume d'élucubrations particulièrement opaque, il n'en restait pas moins vrai qu'il me donnait certainement la clef de l'énigme.

Il était face à moi, tenant fermement son verre de vin de sa main droite, craignant sans doute que je le lui vole. Pour autant, il n'avait pas l'air ivre. Il s'échauffait, tapotait nerveusement la table de ses doigts. Alors que je gardais le silence, il marmonnait pour lui seul : « Ah les cinq moustaches, me demande bien ce qu'elles sont devenues… P'têt' qu'elles ont fini par rentrer chez elles. »

Je l'ai remercié et suis sorti. Davisse voulait rester un peu. Il aimait bien les histoires de moustaches depuis qu'il avait rasé la sienne. « Vous dites qu'elles étaient au nombre de cinq, voilà qui est intéressant… »

Il faisait un froid polaire dans la rue. Il n'y avait personne. Je tentai de remettre de l'ordre dans mes idées.

19

Lucie Himmel aurait couru la France pour retrouver son Émile.

Alors que je traversais Paris pour rentrer chez moi, je sentais bien qu'il n'y avait pas que le froid qui me pinçait le cœur. Cette culpabilité qui ne me quittait plus depuis mon retour de la guerre se trouvait ravivée cette nuit.

J'avais culpabilisé parce que j'avais quitté le front à cause de ma blessure. Et j'avais culpabilisé de ne pas être rentré auprès de mon Anna quand j'aurais pu le faire. Au fond de moi, je suis même persuadé que c'est justement parce que je sentais que j'avais une dette envers mes camarades que je m'étais lancé dans ce travail d'enquêteur. Et c'est parce que j'avais une dette envers Anna que je m'éreintais dans cette affaire d'Émile et Lucie.

Pendant que Lucie Himmel traversait le pays pour retrouver son fiancé, je m'accrochais au front pour fuir mon Anna.

Nous avons vécu nos plus beaux jours au Noël 1918. La France était à la fête et nous étions ensemble. C'est à ce moment-là que j'ai commencé mes premières enquêtes.

Nous avions nos dimanches. Nous marchions dans Paris. Nous nous asseyions en terrasse, nous lisions l'un à côté de l'autre. *Gaspard* de René Benjamin pour moi. Anna s'était plongée dans une autre guerre, l'*Iliade*.

Nous nous embrassions à la moindre occasion. Elle s'amusait à me tenir les portes en me disant de me ménager. Je lui racontais ce que j'avais vu, elle me prenait dans ses bras.

Nous voulions avoir un enfant. Ou deux. Ou plus. Nous y travaillions avec ardeur. Tous les soirs, tous les matins. Je m'enivrais du parfum de ses lèvres, de l'odeur de son cou, de la douceur de ses cuisses.

En attendant que l'enfant arrivât, elle avait mis une plante en pot sur notre petit balcon. Elle était sortie acheter une lampe et elle était revenue avec une plante. Elle m'avait dit que c'était « une petite vie » pour chez nous en attendant celle qui naîtrait dans son ventre. Je me souviens de son expression. Nous avions sorti une bouteille pour fêter l'arrivée de cette petite vie à la maison. Et comme la plante avait l'air de se plaire, nous avions sorti une deuxième bouteille.

Il n'y avait pas un bruit dans la rue. Nous nous sommes appuyés sur le rebord du balcon pour profiter de la douceur de la soirée. La nuit était sombre, très sombre. Nous étions déjà bien ivres quand elle m'a dit qu'elle aurait mieux fait de planter un réverbère. Un tout petit réverbère. Un bébé réverbère.

Elle m'a parlé des lampades, des nymphes qui

portaient des torches pour éclairer Hécate, déesse lunaire grecque. Elle m'a dit qu'on aurait toujours besoin de lumière. En me regardant tout au fond des yeux, elle m'a mis en garde : la lumière des lampades pouvait conduire à la folie et Hécate était également une déesse de l'ombre. Elle a éclaté de rire et elle m'a expliqué qu'il faudrait en prendre soin de notre réverbère, qu'il faudrait l'arroser, le mesurer, lui parler.

À présent, je me demande si elle n'avait pas déjà compris que nous n'aurions jamais d'enfants.

Un soir de mars 1919, elle a commencé à tousser. Les journaux en parlaient depuis plusieurs mois, mais j'avais vu trop d'horreurs pour m'inquiéter d'une grippe espagnole, portugaise ou quelle que soit sa nationalité. Quand Edmond Rostand en est mort en décembre, nous avons pleuré ensemble. En pensant à *Cyrano*. Nous n'avions pourtant pas peur. Rien ne pouvait nous arriver.

Nous avons arrêté de lire les journaux le jour où nous avons appris que neuf cents personnes étaient mortes à Paris au cours de la dernière semaine de février 1919. Nous reprendrions plus tard, nous ne voulions pas obscurcir notre bonheur.

Quand je suis rentré, ce soir-là, elle était allongée sur le lit. N'avait pas pu aller travailler. Son front était brûlant. Je ne reconnaissais plus son regard. J'ai couru partout pour chercher un docteur. J'ai acheté une fiole de Grippécure, soi-disant que ça coupait rapidement la fièvre. Ça n'a rien coupé. Anna avait mal à la poitrine. De plus en plus mal. Elle me disait de ne pas m'approcher, qu'elle allait guérir, que c'était contagieux. Elle a été prise d'une violente quinte de toux. Son visage a changé de couleur, je la reconnaissais à peine.

Le matin, elle était morte. Comme ça.

Sans faire d'histoires, sans médecin, sans hurlements. Juste cette toux qui résonne encore dans ma tête, comme un shrapnel qui explose et se disloque au fond de mon crâne. Ce que la guerre n'avait pas détruit en moi, la grippe espagnole s'en est chargée.

Mon Anna. Rêvée pendant quatre ans, partie en quelques heures.

Je me suis allongé contre elle, j'ai pressé mon visage contre le sien, je l'ai embrassée. Je voulais qu'elle m'embrasse aussi, qu'elle m'emmène avec elle. Je voulais l'accompagner.

La mort n'a pas voulu de moi. Elle m'avait rôdé autour pendant quatre ans et maintenant elle m'ignorait, cette vieille carne.

J'ai pleuré.

Je n'avais pas pleuré à la guerre. Je n'avais pas pleuré quand j'avais perdu ma main. Quand Anna est morte, j'ai pleuré toutes les larmes de mon corps. Elles étaient inépuisables. Je pleurais pour tout ce gâchis, ces années perdues, volées, massacrées.

Depuis, je vis avec cette culpabilité de ne pas avoir été un amoureux à la hauteur. De ne pas avoir bondi sur la moindre occasion pour revenir voir Anna. Je m'en suis voulu pour mon orgueil et du manque de considération que j'avais pu avoir envers elle. Nos retrouvailles me hantaient, ce moment où je m'étais senti si bête, si ridicule. Sa voix qui me disait qu'elle me préférait comme ça. Elle avait tout balayé en une minute, en un sourire. Et elle n'était plus là. Elle ne serait plus jamais là. On avait gagné la guerre, très bien. J'avais perdu des amis, des années. Et je perdais la seule personne qui comptait encore pour moi.

J'ai marché jusqu'à la Seine. Il faisait froid. Il n'y avait pas d'étoiles dans le ciel, elles avaient filé en même temps qu'Anna. J'étais sur le Pont-Neuf et je regardais l'eau couler. Je me suis assis sur le rebord et j'ai fermé les yeux. J'étais vide. Trop vide pour penser. Trop vide pour basculer. J'y suis resté une bonne partie de la nuit.

Un homme s'est installé à côté de moi. Il est resté silencieux un moment, a sorti une cigarette, l'a allumée et me l'a tendue. Puis il s'est redressé et, sans me regarder, a dit : « On a déjà trop de morts en nous, faut pas en chercher davantage. » Il est parti.

Je me suis redressé à mon tour et je suis rentré.

Au bout de ma rue, un accordéoniste chantait une histoire triste que je n'ai pas eu le courage d'écouter.

On avait installé un réverbère juste devant ma fenêtre. Ça m'a coupé le souffle. J'y ai vu un signe, comment faire autrement ? Je me suis assis sur le bord du trottoir pour profiter de sa lumière et je suis rentré.

J'ai assemblé les vêtements d'Anna et plongé mon

visage contre leur étoffe pour sentir une dernière fois son odeur.

Je n'ai aucun souvenir des jours qui ont suivi.

C'est peu après que je me suis noyé dans le travail aux côtés de Blanche Maupas. Nous préparions le dossier pour la réhabilitation de son mari. Je crois bien que c'est son amour qui m'a réveillé. J'étais impressionné par sa conviction, par le courage qu'elle mettait pour faire réviser le procès. J'ai compris que même après la mort, il restait de l'amour. On ne sait pas quoi en faire, mais ça vaut le coup de se battre et de le nourrir.

C'est pour ça que, quelques années plus tard, je me suis tant investi dans l'histoire d'Émile et Lucie. Parce que c'était un amour incroyable, magnifique, entier, sans concession, et que chaque histoire que je croisais contribuait à redonner vie à la mienne.

À chacun de mes pas dans cette affaire, le sourire d'Anna m'accompagnait.

20

J'ai décidé de retourner sur les traces de Lucie.

Nouveau voyage à Molsheim, pour demander aux parents Himmel leur unique photographie d'elle, qu'ils m'ont cédée à contrecœur avec l'espoir que je ramène leur fille.

J'ai refait tout le chemin, j'ai à nouveau interrogé Moriceau, Macaret, Létoile, La None. Je suis allé dans tous les villages, suis entré dans tous les troquets. Avec une nouvelle obsession : retrouver Lucie. J'ai fait le tour des hôpitaux, des auberges, des casernes. Je montrais la photo, je questionnais. Pendant quatre ans, de 1927 à 1931, j'ai parcouru l'est et le nord de la France.

Je m'enfermais dans l'exil pour échapper à un monde que je ne comprenais plus. Je fuyais la capitale, toujours plus bruyante, festive et indécente. Même Davisse s'était finalement pris de passion pour le surréalisme, le dadaïsme, l'Art déco… Autant de mots qui m'étaient totalement étrangers. Je ne parvenais pas à m'abandonner à l'insouciance générale. Sans Anna, ça n'avait aucun sens. Mon ami a bien tenté une fois ou deux de m'amener au Dôme ou dans un de ces cafés de

Montparnasse qui ne désemplissaient pas. Je n'y étais pas à l'aise. Les gens parlaient trop fort. Ils étaient trop beaux. Et je n'avais toujours pas les bonnes chaussures. Je puais encore la tranchée alors que l'armistice avait été signé depuis des années. Je continuais à me retourner vers la guerre pour y retrouver les silhouettes de ce soldat Joplain et de sa fiancée.

Je donnais le change à sa mère, lui expliquais que j'avançais, que j'étais sur une piste, que ce n'était pas facile mais que je le retrouverais son Émile. C'était vrai. Je lui parlais de l'armée canadienne, du temps que mettaient les lettres à franchir l'océan. C'était vrai aussi. J'avais perdu la trace d'Émile au moment de la bataille de Vimy et me demandais dans quelle mesure il aurait pu profiter du désordre pour réaliser son rêve d'Amérique.

J'ai même envisagé d'aller au Canada pour le retrouver. Un petit Français avec son Alsacienne au bras, ça ne devait pas passer inaperçu. Et ça m'aurait un peu éloigné de cette guerre qui ne me quittait plus. Pourtant, je ne pouvais m'empêcher de penser que c'était ici que j'allais retrouver sa trace. En France, dans cette boue qui nous avait tant collé aux godillots.

Je culpabilisais assez peu de mes mensonges à la Joplain ; après tout, elle m'avait également menti. Lucie avait frappé chez elle dès 1915, et si elle avait bien compris que la veuve ne la portait pas dans son cœur, elle espérait néanmoins qu'elles seraient unies dans la peur de perdre Émile.

La porte était restée fermée. « Il n'est pas là, il est parti faire son devoir. C'est un soldat. Inutile de revenir. »

Lucie avait dû parcourir la capitale, interroger naïvement chaque homme en uniforme. Elle devait être perdue, n'ayant jamais vu autant de monde, autant de rues, de trottoirs et de bistrots. Je ne sais combien de temps elle est restée à Paris, ni de quelle manière elle s'est organisée ni où elle a dormi. Ce que j'ai appris, c'est qu'elle a fini par arriver à la gare de Reuilly, où étaient triés les colis postaux. Si la mère de son Émile refusait de la renseigner, elle fouillerait dans sa correspondance. Sauf qu'à cette époque il n'y avait pas qu'une mère qui envoyait des colis à son soldat de fils. La France entière tricotait pour fournir des gants, des écharpes et des chaussettes. La France entière envoyait des colis de nourriture pour remplir des estomacs dont on savait qu'ils devaient sonner un peu creux. La France entière écrivait pour rassurer les maris sur la bonne gestion de leurs entreprises, de leurs fermes et de leurs foyers. Autant chercher une aiguille dans une botte de foin.

Lucie n'avait pas d'autre piste. Elle devait trouver l'aiguille, dût-elle y passer sa vie.

Elle est parvenue à se faire embaucher au tri. La Poste était déjà très féminisée avant la guerre, ça n'a pas été une grande révolution d'embaucher davantage de femmes lorsque les hommes furent partis.

Ce sont des milliers de colis qui passent alors entre les mains de Lucie. Elle les traite mécaniquement avec un seul et unique objectif : lire le nom d'Émile Joplain et le lieu d'expédition.

Et chaque jour la botte de foin se reconstitue, et chaque jour elle se remet au travail. L'aiguille ne doit pas être bien loin. Elle imagine mal Mme Joplain ne rien envoyer à son fils chéri. Chaque soir, elle regarde ses collègues avec une pointe de jalousie parce que c'est entre leurs mains qu'est passée l'information qui la fait se lever aux aurores. Elle leur a bien sûr demandé de guetter son nom, je l'ai appris grâce à l'une des postières qui l'avaient connue à cette époque-là. C'est elle également qui m'a raconté qu'un vendredi matin Lucie Himmel avait poussé un cri et s'était évanouie. Un colis dans les bras. Elle avait repris ses esprits et ses jambes à son cou. On ne l'avait jamais revue au centre de tri. Partie sans même exiger sa paye.

Cette histoire m'avait redonné la foi. Je me suis remis à écumer le pays, lançant des avis de recherche dans tous les journaux possibles. Je me souviens notamment de cet hiver 1929 si froid. Partout où j'allais, les rivières étaient gelées, des animaux mouraient dans les étables. Et moi je frappais aux portes, m'accrochant à ma mission. Me réchauffant comme je pouvais.

Cette Fille de la Lune, cette Lucie Himmel, ou quel que soit le nom qu'elle donnait pour trouver refuge ici ou là, avait marqué les esprits. Certains la connaissaient sous le nom de Simone Niney, voire Lucie Niney ou

Simone Himmel. Sans doute tenait-elle à ne pas laisser de traces. Selon le côté du front où elle se trouvait, elle faisait prévaloir ses origines germaniques ou françaises.

La photo ne trompait pas. Les pommettes hautes, les yeux clairs en amande, les cheveux blonds, le front légèrement bombé, le nez retroussé, la fossette du menton et cette ride qui ne la quittait plus depuis qu'Émile était parti à la guerre.

J'arrivai peu à peu à remonter la chronologie de son départ de Paris. Elle était parvenue à dormir ici, à se cacher là. Un couple de Reims l'avait hébergée le temps d'une nuit. À Châlons, elle avait passé une petite semaine dans une pension où elle avait payé sa chambre en rendant de menus services. Un paysan de Bar-le-Duc l'avait trouvée un matin endormie dans sa grange et l'avait recueillie le temps qu'elle se refasse une santé : « La petiote n'avait plus de force, elle tenait plus debout et elle avait les pieds en sang. J'pouvais pas la laisser r'partir. »

Je la suivais à la trace, avec une quinzaine d'années de retard. Langres, Vesoul, Belfort. Elle disparaissait ici, je retrouvais sa piste là. Elle semblait procéder par bonds. Restait plusieurs jours à un endroit et se lançait dans des marches pouvant aller jusqu'à cinquante kilomètres par jour. Elle arrivait tard, demandait une chambre, un lit, une paillasse, un coin dans une étable. Elle ne faisait pas d'histoires, avait parfois un peu d'argent, proposait de faire du ménage ou des travaux agricoles pour payer gîte et couvert. Elle montrait une photo de son amour et posait des questions sur les garnisons présentes dans la région. « Quelle brigade ? Quel régiment ? Quel bataillon ? Quelle compagnie ? Quelle section ? Quelle escouade ? Et lui, vous l'avez vu, lui ? Il s'appelle Émile Joplain, il est beau comme un prince et il parle comme un poète ! Vous l'avez forcément vu ! Il est passé par là ! »

C'étaient les mots qu'avait prononcés La None. Cela m'ôtait les derniers doutes : Lucie Himmel était bien la Fille de la Lune.

Je m'obstinais, tel un enragé. Je ne savais pas à quoi cela allait mener mais j'y croyais dur comme fer. Moi qui avais l'habitude de mener plusieurs enquêtes en parallèle, je refusais toutes les autres propositions. On me prenait pour un fou. « Votre dame, là, elle pourrait tout aussi bien être morte depuis belle lurette. C'était pas une époque pour se promener dans le coin, vous savez. Enfin, oui, j'vois bien à votre bras que vous avez vot' petite idée là-dessus. »

Davisse me fournissait des adresses de soldats susceptibles d'avoir croisé sa route. Il traînait sa silhouette tordue dans les cafés d'anciens combattants et tendait l'oreille. Il passait chez moi pour relever mon courrier, qu'il ouvrait et dont il me rendait compte. Il s'était pris au jeu en me déclarant : « Nombre d'Eudoxie Dumail : une. Nombre de filles de la lune : indéterminé. » Je savais qu'il ne me lâcherait plus tant qu'il n'aurait pas pu répondre par un chiffre. Il était mon plus fidèle allié et il avait compris que je courais après l'amour. Je luttais pour retrouver mon Anna.

C'est lui qui, un jour, m'a dit de prendre garde, qu'on commençait à parler de moi, celui qui cherche la Fille de la Lune. Certains disaient que j'avais perdu la tête, que mes enquêtes avaient fini par me vriller les synapses, que j'avais vu trop de morts, que je parlais aux fantômes. C'était pourtant ce que je faisais depuis la fin de la guerre, chasser les fantômes dans un pays qui se tapissait de croix blanches. On ne comprenait pas mon acharnement, les milliers de lettres que j'avais envoyées dans le monde entier. Et tout cela pour une riche veuve ? Certains pensaient que je ne disais pas tout, qu'il y avait un trésor ou une histoire d'héritage.

Je ne prenais pas le temps de nier quoi que ce soit, je veillais seulement à ce que tout cela ne remonte pas aux oreilles de Jeanne Joplain. Immanquablement, cela se produisit et je dus revenir à Paris, perdant ainsi un temps précieux dans mon enquête. Je déployai tout un arsenal d'arguments pour la convaincre que non, je n'étais pas fou, j'étais seulement dévoué corps et âme à la recherche de son fils. J'inventai des témoignages, lui dis que j'avais entendu un soldat qui l'avait reconnu pas plus tard que le mois précédent dans une rue de Nancy où j'étais précisément au moment où elle m'avait fait revenir.

La pauvre veuve Joplain vieillissait, elle se racornissait et se durcissait. Elle refusait toujours de me parler de Lucie, qui n'avait jamais existé, à part dans l'adolescence de son fils.

21

De 1927 à 1931, j'amassai tant de notes, de témoignages et d'histoires racontées par quelqu'un qui connaissait quelqu'un qui l'avait vue ou quelqu'un qui connaissait quelqu'un qui l'avait hébergée, que je parvins à remonter le fil de son histoire.

Tout comme moi, elle avait toujours eu un train de retard, suivant la compagnie d'Émile avec une semaine de décalage. Et quand enfin Joplain se posait, c'était pour partir au combat ou s'enterrer dans une tranchée. Impossible pour une femme de s'y faufiler.

Elle s'était fait prêter des vêtements masculins, avait coupé ses cheveux blonds, avait cherché à soudoyer des soldats dans l'espoir d'apercevoir l'homme dont elle ne pouvait plus se passer. Savoir qu'il était vivant ne lui suffisait plus, elle voulait le voir, le toucher, le sentir, entendre le son de sa voix, le serrer contre son corps. Elle mourait de lui parler, le prendre dans ses bras, embrasser le souffle de sa bouche.

Pendant qu'il lui écrivait des poèmes qu'elle ne lirait jamais, elle rôdait à quelques kilomètres à peine, tournant et cherchant un moyen de s'en approcher.

La faim, le froid, la solitude et le manque l'ont sans doute poussée à prendre des risques insensés. Sa survie pendant les années 1915 et 1916 reste un véritable exploit.

Sa santé s'était considérablement dégradée. Elle était pourtant parvenue à se faire engager du côté de Verdun. Aux côtés d'infirmières de métier, elle a appris à changer des bandages, à nettoyer des plaies, à poser des ventouses, à toiletter les patients. Je sais de source sûre qu'elle a vécu l'horreur de la guerre, a vu le sang et la mort. Le reste, je ne peux que l'imaginer. Elle voulait rester sourde aux cris, aux râles, au souffle du trépas qui parcourait les longs dortoirs. Elle pensait à son Émile, toujours à son Émile, rien qu'à son Émile. À chaque nouveau blessé, elle espérait autant qu'elle craignait qu'il s'agisse de lui.

J'étais tellement obnubilé par cette histoire que j'avais l'impression de la vivre à ses côtés. Mon cœur battait avec le sien, ses pensées devenaient les miennes.

Elle a appris qu'il était là, à dix kilomètres. Deux heures de marche à peine.

Elle a hésité.

Un soldat lui a dessiné un plan. Approximatif. Très approximatif.

La première nuit, elle a marché une heure, entendu le bruit des bombes, croisé des ombres, des uniformes dont elle n'était pas certaine qu'ils fussent français. Elle s'est tapie sur le bas-côté. Des hommes sont passés. Nombreux. Le soleil allait se lever et les blessés avaient besoin d'elle. Elle a fait demi-tour.

Toute la journée, elle a été hantée par l'idée qu'il était peut-être en train de mourir et qu'elle avait manqué la dernière occasion de le voir.

Le deuxième soir, elle est partie en courant, suivant la même route, se perdant, entrant dans une forêt dont il ne restait que des fantômes d'arbres. Elle entendait son cœur qui battait à tout rompre et le bruit de sa respiration. Elle trébuchait, se relevait et redémarrait. Elle savait que si elle s'arrêtait, elle ne pourrait plus continuer. La peur lui tenaillait les entrailles. Elle a vomi et elle est repartie. La terre était brûlée, une odeur de poudre, une odeur de charogne lui collait à la peau.

Des bruits, des explosions. Le ciel qui devint blanc. Le sol qui vibra. Le fracas. Une tempête de métal et d'acier qui fit trembler le monde. Ses oreilles qui sifflèrent. Elle avançait tout droit, elle ne savait qu'aller tout droit. Un corps devant elle. C'était lui ! Elle se pencha. La moitié d'un homme à qui on avait retiré le bassin et les jambes. Il souriait. Ce n'était pas le sourire d'Émile, c'était celui d'un inconnu. À deux mètres de là, un autre homme, le visage arraché. Ce n'étaient pas les mains d'Émile. Elle continua à avancer, un blessé qui grattait le sol, appelait à l'aide. Elle s'est agenouillée, lui a demandé s'il connaissait Émile. Émile Joplain. « Il parle comme un poète, il est beau comme un prince. »

Il y avait trop de bruit, elle-même n'entendait pas ses propres paroles. Elle finit par montrer sa photo, sa toute petite photo qui ne la quittait jamais. L'homme ne comprenait pas, il croyait rêver. Une femme ici, dans le no man's land. L'endroit le plus dangereux du monde. Il pensa qu'il était déjà mort, que c'était peut-être la Vierge.

« Je vous salue Marie, pleine de grâce, le Seigneur est avec vous.

— Émile.

— Vous êtes bénie entre toutes les femmes.

— Émile Joplain.

— Et Jésus, le fruit de vos entrailles, est béni.

— Il parle comme un poète.

— Sainte Marie mère de Dieu, priez pour nous pauvres pécheurs.

— Et beau comme un prince.

— Maintenant et à l'heure de notre mort. »

L'homme s'évanouit et se réveilla deux jours plus tard sous le visage sec d'une infirmière, persuadé que c'était la Vierge Marie qui l'avait transporté là.

Et Lucie avait continué son chemin. Toute la nuit, elle s'était penchée sur chacun des corps qu'elle avait croisés, retournant les cadavres tombés sur le ventre. Priant à chaque fois, soulagée à chaque fois.

Lorsqu'elle est revenue le lendemain matin, longtemps après le lever du soleil, ses collègues ne l'ont pas reconnue. La mort avait laissé son masque sur son visage.

On a commencé à la regarder avec méfiance, on appréciait assez moyennement son accent alsacien et les questions qu'elle posait. Pourquoi ne se contentait-elle pas de soulager les douleurs, comme les autres anges blancs ?

Elle ne comprenait pas. Elle était incapable de comprendre ce qui se passait autour d'elle. Elle ne voyait pas les regards, n'entendait pas les persiflages, elle passait à côté de la rumeur sans percevoir sa lancinante présence. À chaque nouveau blessé qui arrivait, elle montrait sa photo et posait cent questions, mille questions sur les mouvements de troupes, sur les forces françaises, sur la ligne de front.

Et la nuit, elle repartait, enfonçait ses pas dans les cendres de la forêt, et allait tout droit, vers d'autres corps, d'autres blessés. Les balles fusaient à côté d'elle, les obus déplaçaient des colonnes de terre, mais elle continuait, posait ses yeux sur chaque visage.

Toutes les nuits, au milieu des déflagrations, affrontant le grondement infini de l'apocalypse. À en perdre la raison. À en perdre la raison. À en perdre la raison.

On ne voulut plus d'elle auprès des blessés. Son regard effrayait. Elle gardait dans l'œil le tonnerre des bombes.

22

Cela faisait deux jours que Lucie ne faisait plus partie de l'équipe des infirmières quand Émile fut blessé à la jambe et arriva sur un brancard.

Le visage du jeune homme, que Lucie avait pourtant présenté à tout le monde, ne fut reconnu par personne. Les infirmières avaient d'autres plaies à panser, les médecins d'autres membres à trancher.

Lucie continuait à errer comme une âme damnée dans le no man's land, se permettant quelques incursions très près des lignes françaises et allemandes. Je dois les informations qui vont suivre à un certain Roger Dalais. Pour tout dire, j'avais déjà entendu parler de lui. Un curé qui avait tout vu, tout entendu. Je me méfiais des gars qui avaient tout vu, tout entendu. Et je me méfiais des curés, même si pendant la guerre j'en avais rencontré des vaillants. Des bons qui faisaient ce qu'ils pouvaient et qui ne rechignaient pas à la tâche. Comme tout le monde, en somme.

Le père Dalais avait été à Verdun et avait connu l'enfer de la messe au milieu des explosions, les confessions dans les coins de tranchées. On n'imagine pas l'évolution des dévotions en temps de guerre. J'en ai connu des mécréants qui étaient pris d'un doute quand ils sentaient leur sang couler dans leurs godillots.

Le nom de Dalais revenait régulièrement dans les conversations. Au cours de mes enquêtes précédentes, on me l'avait régulièrement servi comme un argument ultime : « Si vous ne me croyez pas, allez demander au père Dalais ! » J'avais du mal à placer des certitudes dans les mots d'un serviteur de Dieu, des relents de mon anticléricalisme, certainement. Néanmoins, je remis mes principes dans ma gibecière pour aller lui demander s'il avait entendu parler de la Fille de la Lune.

Ma première surprise fut de m'apercevoir qu'il n'était pas prêtre mais rabbin.

Ma deuxième surprise fut de constater à quel point il était loquace et ne parlait pas comme j'imaginais qu'un rabbin parlait. Il avait acquis dans les tranchées un drôle d'accent un peu gouailleur. Il avait passé quatre années sur le front à écouter, à parler, à se battre lorsque c'était absolument nécessaire.

Je l'ai rencontré en 1931, il devait avoir entre quarante et quarante-cinq ans. Et comme tous ceux qui avaient passé un peu trop de temps au front, il avait l'allure d'un vieil homme. Un vieil homme dont le regard se faisait volontiers espiègle.

Il m'a raconté son Verdun, ses tranchées.

« On ne manquait pas de sceptiques de la foi. J'étais

jeune, mais je comprenais la chose. Chacun peut croire à ce qu'il veut, après tout. Au début, je dois bien vous dire qu'on me regardait en coin. Des rabbins, ça ne courait pas les tranchées. À ma connaissance, on était une cinquantaine sur toute la longueur du front. Quand je me suis engagé, je manquais d'assurance et je ne prenais pas la peine de corriger quand on me prenait pour un prêtre. Je ne voyais pas l'intérêt d'être dans la contradiction. Je disais oui. Je ne suis pas allé jusqu'à donner l'eucharistie, soyons sérieux. Mais j'ai confessé, j'étais bien obligé. Une âme, c'est une âme, ça se respecte.

« On manquait d'aumôniers dans le secteur. Et les moribonds réclamaient un serviteur de Dieu. Quand vous vous apprêtez à monter là-haut, c'est bien mieux de savoir avec qui vous avez rendez-vous, croyez-moi.

« Notez bien que les premières semaines, je n'y tenais pas spécialement. Les curés pour les cathos, les pasteurs pour les protestants et les rabbins pour les juifs. Avec la fatigue et la boue, et le sang, et les poux, et le reste, j'ai commencé à nuancer mes exigences. Quand un pauvre gars est en train de mourir et qu'il a besoin d'un curé, on a beau avoir des certitudes, on change temporairement de religion. C'est la guerre, on s'adapte. Faut être un peu humain.

« Votre Fille de la Lune, c'est comme ça que j'en ai entendu parler. Un pauvre fantassin qui pressait ses mains contre son ventre pour empêcher ses tripes de faire une promenade. Il s'appelait Pierre Toussaint et il avait les yeux qui allaient dans tous les sens, comme un tournesol qui découvrirait qu'il y a plusieurs soleils. Il avait été tiré par-dessus le parapet par deux camarades qui étaient ensuite venus me trouver parce que c'était un bon pratiquant et qu'il voulait les derniers sacrements. J'ai passé la nuit à ses côtés. Il n'était pas transportable. Je ne sais même pas comment ils avaient fait pour le maintenir en vie en le ramenant dans la tranchée. Il m'a parlé de la Vierge Marie qui était apparue pendant la bataille de la Marne pour filer un coup de main aux Français. »

J'ai interrompu Dalais pour lui demander ce qu'il en pensait de cette histoire qu'on racontait depuis des années. Pour une fois que je tenais un religieux…

Il a ri. Lui aussi y était allé sur les bords de Marne. Il n'était d'ailleurs pas mécontent : enfin un peu d'action. C'est qu'il commençait à s'ennuyer en 14, à baguenauder dans son coin. À croire que sa religion ne suffisait pas à lui occuper les méninges. Il y avait même croisé Charles Péguy. Comme on le décrit, droit dans son pantalon, debout sous la mitraille. Il ne l'avait pas vu tomber, mais pas loin. « À peine je le croise, j'apprends qu'il meurt. Ce n'était pas n'importe qui, Péguy, on ne partageait pas les mêmes idées, mais il faut reconnaître qu'il avait de la suite dans les siennes. Et puis il avait la foi, on ne peut pas dire le contraire. »

Trois ans plus tard, il avait lu cette histoire de Vierge dans un journal. Comme quoi elle serait apparue et aurait décidé de donner la victoire aux Français. « Et vous savez d'où le journal tenait cette information ? Je vous le donne en mille : de prisonniers allemands !

Peut-être que la Vierge est antidreyfusarde, en tout cas, moi je ne l'ai pas vue. Mais puisque c'est écrit, c'est que c'est vrai. » Il m'a fait un clin d'œil et a ajouté : « Péguy, tout de même, droit comme un I, il avait du style. »

Dalais était lancé, j'eus un mal fou à le remettre sur la voie de Pierre Toussaint.

« Le soleil allait se lever. Toussaint était devenu gris et ses yeux s'étaient enfin immobilisés. Il régnait un silence absolu, à peine troublé, de temps à autre, par le sifflement d'une balle. Il m'avait parlé toute la nuit, m'avait fait promettre de dire à sa femme et à ses enfants qu'il les avait aimés tendrement. Je lui ai demandé s'il avait une lettre ou quelque chose à leur transmettre. Il m'a répondu que non. Qu'il avait déjà donné sa lettre. Quand il s'était pris l'éclat d'obus, il pensait qu'il ne lui restait que quelques minutes à vivre. Il est tombé sur le dos, le ventre ouvert. C'est là qu'une jeune femme s'est approchée et l'a regardé dans les yeux avant de repartir. Il a eu la force de l'appeler, de lui demander qui elle était. Elle a disparu puis est réapparue pour lui demander s'il connaissait un soldat qui s'appelait Joplain, qui était poète et beau comme un prince. Enfin, je dis Joplain parce que vous m'en parlez, sinon je ne me serais jamais souvenu du nom. Toussaint, il le connaissait bien le Joplain, même qu'il avait combattu avec lui et avait fait partie du 347e régiment d'infanterie. Il venait tout juste d'être évacué à cause d'une blessure qui n'avait pas l'air bien méchante. Il m'a raconté que la Fille de la Lune l'avait serré dans ses bras. Il avait le ventre ouvert et lui avait mis du sang partout, il souffrait le martyre. Il avait senti la chaleur de ce corps. Il voulait que je le confesse parce qu'il avait ressenti du désir pour cette femme qui n'était pas la sienne. Elle avait une odeur sauvage et il devinait sa poitrine à travers sa robe déchirée. Ce n'était plus une tenue qu'elle avait. Elle était quasiment nue, vêtue de glaise et d'un peu d'étoffe élimée. Elle était pieds nus, jambes nues, tête nue. Des larmes avaient laissé deux traînées sur son visage barbouillé de boue. Toussaint l'a trouvée magnifique, il s'est demandé s'il n'était pas mort. Il a pensé que c'était la Vierge Marie et s'est demandé quelle était cette guerre qui obligeait la Vierge Marie à se couvrir de boue et à se vêtir de lambeaux. Avant de fermer les yeux, il a eu la force d'enfoncer sa main dans la poche intérieure de sa veste pour en sortir une lettre, qu'il lui a remise. Il s'est endormi, croyant mourir. Jusqu'à ce que deux soldats viennent le tirer par le paletot. La suite, vous la connaissez. »

Dalais a continué à parler, parler et parler. Il me disait qu'on pouvait prendre n'importe quel poilu et le secouer un peu, il en ressortait mille histoires. Et je crois bien qu'il m'en a raconté plus de mille.

Je ne l'écoutais plus. J'imaginais Lucie Himmel quittant Verdun à la recherche de son fiancé. Je pensais à l'enfer qu'elle avait vécu et me demandais comment elle avait pu survivre à cela.

Et je voyais Dalais s'agiter devant moi. Parler sans cesse, s'interdisant le silence. Son bavardage perpétuel devait être le moyen qu'il avait trouvé pour se maintenir vivant. Je me demandais quel homme, quel rabbin il serait devenu sans cette maudite guerre. Et comme à chaque fois, j'ai fini par penser à ce qu'aurait été ma vie si on ne m'avait pas volé quatre années, une main et mon amour.

23

Une paysanne que j'ai rencontrée du côté de Bar-le-Duc m'a raconté que Lucie avait quitté Verdun en empruntant la Voie sacrée dans un camion de blessés. Je ne sais pas comment elle s'était débrouillée, ni comment elle avait pu trouver une tenue décente dans ce pandémonium. La paysanne n'en savait rien non plus. Elle s'était contentée de lui offrir une soupe et un lit, le temps d'une nuit.

J'avais espéré que Davisse en retrouve la trace dans son registre. En vain. Ni Lucie Himmel ni Simone Niney. Elle s'était glissée dans un camion comme elle s'était glissée dans le no man's land. Peut-être même avait-elle fait le voyage à bord du véhicule que je conduisais.

Elle a repris ensuite sa course folle avant de se poser quelque temps dans la campagne bourguignonne où une ferme, comme toutes les fermes de tout le pays, manquait cruellement de bras. C'était du côté de Tonnerre – passons sur l'ironie du destin qui l'a menée de l'enfer de Verdun au Tonnerre de Bourgogne. Un matin donc, une dénommée Zélie

Partaud vit arriver une étrangère qui proposait ses services. Zélie avait besoin d'aide : depuis le départ de son mari et de son frère à la guerre, elle tentait de sauver l'exploitation familiale. Labourait comme elle pouvait. Semait comme elle pouvait. Abattait ses dernières bêtes comme elle pouvait. Subsistait comme elle pouvait.

Elle accueillit cette étrangère qui ne prononçait jamais la moindre parole inutile. On était loin du portrait de la jeune fille enjouée qui attendait son fiancé dans la maison familiale de Molsheim.

La journée aux champs, la nuit à envoyer des courriers à tous les hôpitaux du pays avec une seule question : « Émile Joplain est-il chez vous ? » J'ai retrouvé certaines de ces lettres écrites avec cette calligraphie soignée que j'avais appris à reconnaître. De temps en temps, une réponse négative lui revenait, mais les services hospitaliers étaient pour la plupart débordés et n'avaient pas le temps de lui écrire.

Un mois à labourer et à reprendre des forces et elle est repartie un matin de 1916 sans prévenir ou presque, en priant Zélie de lui transmettre ses réponses, sans préciser à quelle adresse on pourrait la trouver.

Zélie lui a couru après pour lui poser la question, mais Lucie allait trop vite et ne se retourna pas. « Elle est partie sans même emporter la musette que je lui avais préparée avec un peu de fromage à l'intérieur. » Quelques jours après son départ, une lettre arriva chez Zélie Partaud. Elle provenait d'un hôpital de Tours où, effectivement, un certain Émile Joplain était hospitalisé.

Lucie n'eut jamais connaissance de l'existence de cette lettre. Elle décida de recommencer au début et tenta une nouvelle fois sa chance du côté de Jeanne Joplain. Celle-ci ne lui ouvrit pas plus sa porte que la fois précédente, refusant obstinément de lui donner la moindre information.

J'ai ensuite perdu sa trace. Je ne sais quelle vie elle a menée au cours de cet hiver 1916-1917. Peut-être a-t-elle changé d'identité et loué ses bras ici ou là. Malgré mes appels à témoins, je n'ai trouvé personne qui l'ait hébergée ni même croisée. Il semble qu'elle ait beaucoup changé au cours de cette période. Zélie Partaud reconnaissait à peine la jeune fille de la photo. C'était elle, sans aucun doute. Avec un regard différent, un visage plus dur, plus maigre, marqué.

24

Lucie réapparaît au printemps 1917, à Vimy… côté allemand. Il n'a pas été facile de recoller les morceaux du puzzle.

Je n'ai jamais réussi à savoir comment elle était parvenue à remonter la piste d'Émile. Sans doute de la même manière que moi, en interrogeant, en écrivant, en se déplaçant.

Aucune enquête n'avait jusque-là exigé que je travaille avec les Allemands. Pour tout dire, je ne les portais toujours pas dans mon cœur. Par habitude. Parce que j'avais grandi dans la haine du Boche, comme tout le monde. Parce qu'ils m'avaient pris une main à laquelle j'étais jusque-là très attaché.

De son côté, Davisse avait toujours été attiré par les idées pacifistes. À l'écouter, il fallait oublier le traité de Versailles pour passer à autre chose. On avait vécu la der des ders et il fallait que les Allemands puissent se reconstruire. Sinon, on courait à une nouvelle guerre. Il avait suivi de près cette histoire de traité. C'est lui qui, le premier, m'avait dit que de l'autre côté du Rhin on parlait de *diktat*. Personnellement, ça ne me faisait ni chaud ni froid qu'on leur demande des réparations. Après tout, nous n'avions jamais demandé à être envahis.

Je me souviens d'un soir d'août 1928 où il était venu me trouver une bouteille à la main :

« La guerre est officiellement condamnée et va même devenir officiellement hors la loi ! »

La guerre ? Quelle guerre ? La nôtre ?

« Toutes les guerres, mon ami ! Toutes les guerres sont condamnées ! »

On ne voyait pas trop comment ça pouvait se concrétiser, mais c'était bel et bien vrai, c'était écrit dans le journal : le pacte Briand-Kellogg était approuvé. « Nombre de pays qui l'ont signé : quinze ! » Nous serions la dernière génération de soldats. À nous la paix !

Les années suivantes, tandis que je parcourais la France de long en large à la recherche de Lucie, Davisse restait à Paris, où il prenait conscience que la paix était quelque chose de tangible. Il avait même commencé à nouer des liens d'amitié avec les membres de diverses associations, telle la Ligue allemande des droits de l'homme. À force de voir les morts déborder de ses registres, il s'était intéressé à ces questions de réconciliation. Il était d'ailleurs en contact avec des services allemands qui, de leur côté, avaient également besoin de recenser leurs propres soldats disparus. « Nombre de morts allemands : plus de deux millions quatre cent mille ! »

En 1932, alors que j'étais scandalisé par l'annulation des dettes allemandes, il m'a tenu un grand discours sur l'importance de tourner la page. Après les années d'insouciance, la fin des années 1920 avait plongé le monde entier dans une crise financière sans précédent. Les Allemands n'en souffraient pas moins que nous.

Davisse avait pris l'initiative, sans m'en avertir, d'entrer en contact avec quelques-uns de ses homologues d'outre-Rhin afin d'obtenir des informations sur le personnel féminin travaillant sur la base de Vimy en avril 1917. Il y était notamment parvenu grâce à la Ligue internationale des femmes pour la paix et la liberté. Il s'agissait d'une organisation fondée en 1919, directement issue du congrès qui avait réuni en 1915 à La Haye des féministes qui protestaient contre la guerre.

Pendant que j'écumais le pays, il enquêtait de son côté. C'est à lui que je dois les informations qui vont suivre. À lui et à une certaine Olga avec qui Davisse avait entamé une correspondance régulière.

Dans toute la partie nord de la France, en ce printemps 1917, pour parler clairement, c'était le bordel. Lucie avait suivi une route, en avait coupé une autre, s'était faufilée à travers les ruines fumantes d'un village, avait marché plusieurs jours, tentant de se fier à un sens de l'orientation qui n'était pas sa qualité première. Elle avait fini par se retrouver du mauvais côté du front. « Bien joué, ma petite Lucie », avait-elle murmuré pour elle-même en des termes plus rudes tenant en partie de l'argot alsacien.

Au cours de sa quatrième nuit de marche, elle était tombée face à un train à l'arrêt. C'était dans une petite gare qui n'avait l'air de rien. Des militaires parlaient, fumaient, buvaient. C'était la première fois qu'elle se tenait aussi près des soldats allemands à l'arrière des lignes. Ceux qu'elle avait vus jusqu'à présent étaient à moitié enterrés, des casques à pointe cachés derrière une tranchée, derrière des barbelés. Ou le ventre ouvert dans le no man's land. Elle les regardait. Ils étaient jeunes. Des enfants ou pas loin. Des ados ou pas loin. Des adultes mais de loin.

Le train allait vers le front. Il allait vers Vimy.

Elle avait manqué Émile à Paris, elle l'avait manqué à Verdun, elle l'avait manqué à Arras, elle ne le manquerait pas à Vimy. Elle prend sa respiration, avance vers le train, tire la porte coulissante d'un wagon à bétail et se glisse à l'intérieur. Quelques secondes lui sont nécessaires pour que ses yeux s'habituent à l'obscurité. Elle est maigre, elle a peur, elle a faim. Elle est face à deux femmes inconfortablement installées au milieu de caisses remplies de matériel médical.

Deux Allemandes, Olga Augen – la fameuse correspondante de Davisse – et Nadia Linken.

Les trois femmes se regardent. La plus âgée – Nadia – prend la parole et lui demande en allemand qui elle est. Lucie hésite, lui répond qu'elle est allemande, ce qui est vrai. Qu'elle cherche un homme. Un soldat. Un poète qui n'a rien à faire à la guerre. Qui est beau comme un *Prinz*.

Les deux Allemandes ne sont pas dupes. Si elles

se sont portées volontaires pour venir ici, c'est parce qu'elles ne supportaient plus d'être inactives loin de la souffrance des hommes – l'une a déjà perdu un frère, l'autre son mari –, et même si elles ne se permettraient jamais de l'avouer, elles auraient préféré qu'ils meurent chez eux plutôt que dans ce pays dont elles se fichaient pas mal.

Quand elles voient Lucie pénétrer dans ce wagon, c'est le reflet de leur propre misère qui vient s'installer à leurs côtés. Elles comprennent que le poète ne s'exprime pas dans la langue de Goethe. Ces femmes ne sont pas des soldats, elles donnent à l'Alsacienne de quoi reprendre quelques forces.

L'histoire aurait pu en rester là – sortie du train, passage dans un camion jusqu'au fort de Vimy, fuite de Lucie entre le train et le camion – si les trois femmes ne s'étaient pas endormies. Lorsque la porte du wagon s'ouvre, elles sont l'une à côté de l'autre. Le jeune Allemand, censé accompagner deux infirmières à leur poste de travail, a beau compter et recompter sur ses doigts. *Eins*, *zwei*, *drei*, il y a bien *drei* femmes, alors que, il en est quasiment certain, elles étaient *zwei* au début du voyage. À l'instant où il s'apprête à vérifier une nouvelle fois, le ciel se déchire, le tonnerre de l'artillerie fait trembler le sol, des ordres sont hurlés, ça court, ça cavalcade, ça se met au sol. On ne va pas chipoter sur une histoire de *zwei drei*. Le soldat les accompagne à leur poste où un médecin est déjà en train de retirer un éclat d'obus dans une jambe qui ne ressemble plus tellement à une jambe. Lucie ne dit rien, elle reprend les gestes qu'elle avait appris à Verdun. Pose une compresse, appuie là, comme ça, un peu plus fort, là, voilà, c'est parfait.

Nous sommes le 25 mars 1917. Trois infirmières recrutées en vue d'une attaque jugée imminente. Les Allemands sont bien installés, bien préparés. Cela fait deux ans qu'ils tiennent cette position, le ravitaillement fonctionne parfaitement. Ils savent néanmoins que quelque chose se trame. Ça creuse sous la terre, ça s'agite du côté canadien, il va falloir tenir.

Le jour, Lucie fait son office à l'infirmerie et, la nuit venue, elle redevient la Fille de la Lune, celle qui se glisse dans le no man's land, celle qui va trouver les soldats esseulés pour leur demander s'ils connaissent son fiancé. C'est grâce à l'un d'eux qu'elle avait retrouvé sa trace. Un homme dont la compagnie est stationnée à Arras et qui a vu Joplain partir avec les Canadiens en se demandant quelle mouche pouvait l'avoir piqué pour qu'il veuille retrouver cette maudite crête de Vimy.

25

C'est en 1932, alors que je patinais dans mon enquête, que l'un des tout derniers maillons de la chaîne est miraculeusement apparu. J'avais parcouru le pays et la réponse était là. À une cinquantaine de mètres de chez moi.

Mon cireur de chaussures à la gueule cassée attendait le client. L'accordéoniste aveugle jouait d'un air las une vieille mélodie des tranchées. Une *Madelon* sans entrain. Une Madelon qui n'avait plus le courage de nous servir à boire.

Je me suis installé sur la chaise et, pendant que le cireur frottait le cuir de ma chaussure gauche, son comparse me demanda si je voulais une histoire à pleurer, une histoire à frémir, une histoire à rire, une histoire à frissonner.

Un peu désœuvré, je répondis que j'avais déjà entendu toutes les histoires, que c'était même mon métier. Il est resté silencieux. Alors j'ai ajouté : « Moi, ce que je voudrais, c'est une histoire d'amour. »

Il a opiné du chef et a déplié son accordéon pour lancer les premières notes. Il s'est tourné dans ma direction. Malgré ses grosses lunettes noires, j'avais l'étrange impression qu'il me regardait. Sa voix a commencé comme à chaque fois par la même phrase : « Je vais vous conter l'étonnante et véritable histoire… »

C'était sa marque de fabrique, la manière qu'il avait trouvée pour se lancer, d'attirer l'attention des badauds. Depuis plusieurs années que je l'entendais, j'avais eu droit à « l'étonnante et véritable histoire du bébé retrouvé vivant par un soldat australien dans une tranchée de Pozières en 1916 », c'était là, sans conteste, son plus grand succès. Suivi de près par celle de « Marie Marvingt, aviatrice qui se battit comme soldat dans les tranchées et, démasquée, devint infirmière ».

Et quand les histoires véritables ne suffisaient pas, il racontait « la fascinante légende de… ». Il avait à sa disposition toute la palette des racontars de la Grande Guerre, des soldats qui rêvaient d'un autobus la veille de leur mort à la retraite des troupes anglaises à Mons, en Belgique, où les soldats avaient été sauvés grâce à l'intervention de saint Georges et ses anges.

Mais ses histoires commençaient à lasser. La guerre, la guerre, toujours la guerre, rien que la guerre. Les badauds s'arrêtaient moins. On lui demandait parfois de parler moins fort.

Ce jour-là, il raconta une histoire que je n'avais jamais entendue. De sa voix éraillée, il se lança :

Je vais vous conter l'étonnante et véritable histoire du soldat Georges Hérisson et de son ami poète.

Je crus avoir mal entendu. Georges Hérisson, dont le vieil homme m'avait parlé à l'hôpital psychiatrique de Tours et dont je n'étais jamais parvenu à retrouver la trace.

Le cireur s'écarta légèrement, regardant curieusement son acolyte.

C'est l'histoire d'une jeune fille. Et de son fiancé
Séparés par la guerre, au début de l'été.
Un automne sans lui ne peut s'envisager
Son poète en soldat, elle frémit, elle a peur
Trois étés, trois hivers, des saisons de malheur
L'amour ne peut pas être vécu séparés.
Alors, elle piste son homme, elle suit les armées
Sur les chemins, dans les forêts, dans les tranchées.

Cette histoire-là, j'la tiens de Georges Hérisson,
Tzigane des tranchées, légionnaire étranger.
Avril 1917. Partout le canon
Monde massacré, Europe partout mutilée.
France animal blessé, Pas-d'Calais sacrifié.
Froid noir et neige épaisse, nous voici à Arras
Hérisson est là, le poète à ses côtés
Ils ont faim, ils ont froid, ils s'emmerdent et sont las.

Des Canadiens arrivent. Ils cherchent des Français
Qui connaissent bien Vimy, qui peuvent les aider.
Vimy est une crête, tenue par les Allemands,
Imprenable, on essaie pourtant depuis trois ans.
Les Canadiens y croient, ils peuvent l'emporter

Ils cherchent des volontaires, pourquoi pas des
[Français
Qui connaissent les lieux, les secrets des tranchées,
Et, sans trop demander, pourquoi pas espionner.

Le son de son accordéon commençait à prendre de l'ampleur. C'était comme un air de valse, lancinant et entêtant.

Le cireur avait abandonné mes chaussures et posait un regard curieux sur son camarade.

Il nous faudrait deux hommes, mission très
[dangereuse
Lâches s'abstenir, cherchons âmes valeureuses.
Hérisson, le poète, n'ont jamais vu Vimy
Il faut des volontaires. Et qui le sait ici ?
Ils doivent accompagner un Indien d'Amérique
Son p'tit nom c'est Tadi, ça signifie le vent
Et le voilà parti, flanqué d'un romantique,
Et de Georges Hérisson, bouillant comme un volcan.

Rampant dans les tranchées, les trois hommes
[s'avancent,
Concentrés sur le front, pensant à leur défense.
Le poète quant à lui, son carnet il noircit,
Au milieu de la neige, sur l'amour il écrit.
Ne gardant rien pour lui, il arrache les pages
Et dispose ses mots au hasard du chemin
Un vers ou deux trois lignes, perdus dans son sillage
Des petits mots d'amour, même dans les souterrains.

Je restai immobile, tétanisé. Je n'en revenais pas d'entendre au détour d'une rue l'histoire d'Émile Joplain. J'aurais pu faire le tour du monde pour lui, et un aveugle me confiait ce que je cherchais depuis si longtemps. J'étais subjugué.

L'accordéoniste marqua une pause. Puis sa voix s'adoucit.

En à peine quelques jours, il tapisse le sol
De petits bouts d'amour, de milliers de poèmes,
Comme s'il avait neigé sur la neige encore molle
Des messages destinés à la jeune fille qu'il aime.
Il ne peut lui écrire, sa maison est allemande,
Il abandonne ici des mots pour qu'elle entende
Dans le secret du cœur, ou si elle passe là
Pourvu qu'elle ne les trouve pas après son trépas.

Ses lettres déchirées, emportées par le vent
De boue, de neige tachées, pour toujours effacées
Bien sûr qu'il sait tout ça, il n'est plus un enfant.
Avec ardeur il croit qu'il faut tout essayer.
C'est cela le poète : il garde la lumière
Il écrira toujours, sans courroux ni colère
C'est un beau rêveur, persuadé comme avant
Qu'elle trouvera ainsi la preuve qu'il est vivant.

De voir tout cet amour, Hérisson et les autres,
Ça réchauffe leur cœur et aveugle la mort
Au milieu du chaos : « À la tienne ! À la vôtre ! »

De l'amour et du vin, au moins jusqu'à l'aurore.
Au soir du 7 avril, dernière reconnaissance
L'assaut est imminent, Canadiens pour la France !
Hérisson part devant, c'est à lui de trouver
Un abri où s'cacher, une cache où s'abriter.

Quelques tirs, quelques balles, Georges rampe et s'affale
Dans un trou, un grand trou, qu'un obus a creusé.
Une ombre dans son dos, une peur animale,
Une main sur sa bouche, le voilà prisonnier.
Il se croit condamné, mais la prise se relâche
C'est la Fille de la Lune qui a l'air d'une Apache
Ses yeux brillent dans la nuit, son visage est diaphane
Il croit qu'il est mort, que déjà son corps se fane.

Mais il entend sa voix, qui murmure des notes
« Je recherche un soldat, qui parle comme un poète,
Qui est beau comme un prince », elle dit ça et grelotte
Elle présente une photo : « Avez-vous vu sa tête ? »
Hérisson est muet, il croit qu'il est touché
L'apparition est belle, il doit sûrement rêver.
Et la mitraille se lève, troue la neige et la nuit,
Des balles par milliers empêchant tout repli.

La rue était déserte et l'accordéoniste ne jouait que pour moi et le cireur de chaussures. Ce dernier me glissa que c'était la première fois qu'il entendait cette histoire.

Une dame s'est arrêtée quelques instants. En repartant, elle glapit : « N'est pas Rostand qui veut. »

Il avait commencé à pleuvoir, quelques gouttes très

fines perlaient sur les lunettes sombres de l'aveugle. Il ne racontait pas cette histoire comme ses autres histoires. À moins que ce ne soit moi qui ne l'écoutais pas de la même oreille.

Mon cœur cognait à tout rompre sous ma chemise.

Le soufflet de l'accordéon semblait lui aussi au bord de la rupture. C'était un vieil accordéon, un très vieil accordéon auquel il manquait déjà plusieurs touches.

Le poète et Tadi sont à moins de vingt pas
Et ça tire et ça tire et ça crache du feu
Pas moyen de leur dire : la fiancée est là !
Enfer et Purgatoire, quelque part au milieu.
Et pourtant Hérisson crie de joie dans la nuit
Miracle de la guerre, elle est là avec lui.
Ce n'est pas son amour, mais un amour quand même
Dans l'horreur de la guerre, au milieu de la haine.

Elle s'appelle Lucie et ses yeux sont immenses
Il parvient à lui dire qu'il connaît son poète
La jeune femme se raidit, elle est comme en transe.
Dans ce trou d'eau croupie, de mort et de squelettes,
Il raconte les poèmes qui fleurissent nos tranchées
Lui dit qu'il est là-bas, mais qu'il pleut de l'acier
Il croit qu'elle comprend pas ou alors qu'elle est folle
Ils sont toujours bloqués, des obus les survolent.

Elle se penche sur lui et l'embrasse à pleine bouche
Un baiser comme jamais on l'avait embrassé,
Un baiser, des baisers par milliers qui accouchent

De baisers plus nombreux, qui explosent en baisers.
Il comprend le poète, il le comprend enfin
Il comprend les poèmes, il comprend son entrain
Mais la nuit se termine et il est prisonnier,
Ses amis sont partis, c'est les ordres, obligé.

Ça marmite sévère, le sol est retourné,
Hérisson enterré. Il attend patiemment.
Une bonne nouvelle : une brèche s'est créée
Mais aussi une mauvaise : un grand éboulement.
Le séparent de Lucie piquets et barbelés,
Un mur infranchissable, un terrible accident.
Une idée de génie, rendez-vous est fixé
Même lieu, à demain, une idée de dément.

Le cireur de chaussures s'est retourné vers moi et n'a pas pu s'empêcher de lâcher : « Pourquoi diable Hérisson ne l'a-t-il pas prise avec lui ! Pourquoi, dans tout ce foutoir, a-t-il décidé de lui donner rendez-vous dans l'endroit le plus meurtrier du monde ! » Il paraissait en colère.

L'accordéoniste haussa les épaules, eut un sourire triste et relança son accordéon. Sur une musique presque joyeuse. Une variation de son étrange valse.

Il a faim, il a soif et il est épuisé
Il revient à l'arrière et retrouve ses amis
Le poète et Tadi le regardent étonnés
Car le Georges épuisé, il sourit ébahi.
Sans se faire prier, il raconte son histoire

Le profond trou d'obus, cette main sur la bouche,
Et la Fille de la Lune, et ses yeux de miroir
Le mur infranchissable, mais ce soir on découche.

Il lui tait le baiser, il le garde pour lui
Un baiser pour plus tard, au creux de sa mémoire
Le poète s'écroule, il paraît étourdi
Il ne sait s'il peut croire, cette trop belle histoire.
À genoux dans la neige, en riant, en pleurant
Il ne peut rester là, il la veut maintenant.
Ses amis lui expliquent, ce serait inconscient
Une journée va passer, il faut être patient.

Et pourtant ce soir-là, ils n'obtiennent pas le droit
De partir au-devant, pas si près des Allemands
Pas de mission, plus de mission, pas cette fois
Il faut rester derrière, l'assaut est imminent.
C'est Tadi qui leur dit : « Suivez-moi, les amis »
Quand la lune est bien haute, ils sont déjà partis
Ils sont là, ils attendent, au lieu du rendez-vous
Au bord du trou d'obus, dans la neige, dans la boue.

Elle n'est pas arrivée, il est encore trop tôt
Les secondes sont des heures et les heures des années
Il est tard, il fait froid, n'est-ce pas elle là-haut ?
Ce n'est pas un soldat, un pas trop chaloupé
Le poète se redresse, il faut le retenir
Une balle traîtresse pourrait bien le punir.
Ils entendent son cœur, ils voient briller ses yeux
Ils sont en pleine guerre avec deux amoureux.

L'aveugle marqua une pause. Il pleuvait dru à présent. Le cireur de chaussures s'était assis sur le siège destiné à ses clients. Il voulait la suite, il voulait entendre la ballade des amoureux.

La voix de l'accordéoniste devenait plus grave à mesure qu'il avançait dans son histoire. Son accordéon avait perdu deux touches supplémentaires.

Elle est à deux cents pas, à cinq heures vingt-neuf
Un obus troue le ciel, il est cinq heures trente
Il venait de leurs lignes, c'est la guerre, rien de neuf.
Un déluge d'acier, une vague géante,
Les sépare à jamais, les cent pas sont un monde
Impossible à franchir, et pourtant elle le tente
Elle descend, elle arrive dans cette nuit qui gronde
Des montagnes de terre, une vision d'épouvante.

Et l'on crie derrière eux, c'est la première charge
Il faut bien l'avouer, ils n'en mènent pas large.
Hérisson et Tadi, et le poète aussi,
Gardent les yeux rivés sur la pauvre Lucie.
Elle s'arrête et repart, elle ne peut pas rester
Une balle la frôle, elle fait un pas d'côté
C'est Gavroche qui s'avance, qui saut' les barricades !
En un spectacle étrange, parmi la fusillade.

Cette Fille de la Lune paraît dompter la mort
Elle avance et elle danse, sans peur du mauvais sort.

Gavroche, je vous dis ! Le moineau, les chasseurs
« On la vise sans cesse, on la manque toujours »,
Ça, la Fille de la Lune ne craint pas le malheur
Les embûches elle esquive, le long de son parcours
Elle se couche, se redresse, s'efface dans un coin,
Puis bondit, disparaît, reparaît et revient…

Les émeutes et la guerre ont ceci de commun
Qu'on y tue les enfants, qu'on y tue les gamins.
C'est à cinq heures trente-cinq qu'un obus dans les airs
S'élève tel un oiseau, un oiseau de malheur,
Semblant choisir sa proie et son futur cratère.
Il ralentit sa course et prépare ses douleurs
Sa descente il amorce, en prenant tout son temps,
Quand Lucie virevolte, dans la neige en dansant.

Et ça sort des tunnels et ça hurle tout autour
C'est la grande bataille, c'est Vimy pour toujours.
Des hommes sont debout, et bien d'autres couchés,
Des vivants et des morts et l'obus suit son cours.
Hérisson, le poète et Tadi redressés,
S'avancent vers Lucie, pour sauver leur amour.
Ça mitraille, ça marmite, ça canarde et ça tue
Ça tue des innocents, rien que des innocents.

L'obus tombe en sifflant, elle n'est plus qu'à trente pas
Et l'obus prend son temps, il n'a rien d'autre à faire
Que de tomber sur elle, la prendre dans ses bras.
Il lui caresse la tête et la couvre de fer
Elle n'est déjà plus là, elle est très loin d'ici.

Et le poète crie. Et le poète crie,
Il crie à tout jamais, il crie et il crie.
Et son cri crie aussi, et tout n'est plus qu'un cri.

L'accordéoniste s'arrêta, comme s'il avait besoin de reprendre son souffle. La nuit était tombée. La pluie avait cessé. Il n'y avait que nous trois. Le cireur de chaussures et moi étions unis dans une même tristesse.

L'aveugle reprit.

Il ne reste plus rien, le poète est livide
Hérisson et Tadi le ramènent à l'arrière
Une balle le traverse, à l'épaule, un liquide
Coule sur sa poitrine, et les balles meurtrières
Viennent toucher Tadi, une rafale de mitraille.
Terminé pour Tadi, tué comme du bétail
Hérisson est debout, il traîne son ami
Il est mort en dedans, mais le corps est en vie.

Hérisson par réflexe retourne voir Tadi,
Récupère sa médaille et la donne au poète.
Ils parviennent à l'arrière, jusqu'à l'infirmerie
Le poète est soigné telle une marionnette
On lui demande son nom, et il donne la médaille
Mais ce n'est pas la sienne, il se nomme donc Tadi
Et c'est pour cela que, bien après la bataille,
C'est vers le Saint-Laurent, qu'le poète est parti.

Quant à Georges Hérisson, qui me confia ces mots,
Il a quitté le front, une semaine plus tard

Et il m'a demandé de vous dire bien haut
Qu'une guerre se perd, même en cas de victoire.
Il est donc reparti au pays des Tziganes
Sur des chemins d'exil, pour une vie sans chicanes.

L'accordéon a lâché un dernier soupir. Le musicien l'a regardé, comprenant qu'il n'en tirerait plus rien. Il l'a posé sur le sol et a tendu son chapeau. Il me semble avoir deviné une larme couler sous ses lunettes noires.

Je ne suis pas parvenu à applaudir. Le cireur de chaussures non plus. Nous nous sommes dit au revoir, comme des inconnus polis.

26

J'étais abattu.

Je me suis assis sous mon réverbère, comme je l'avais fait plus de dix ans auparavant. La petite fille de mes voisins est passée devant moi en promenant un chiot qui avait une oreille plus grande que l'autre. « Il ne faut pas pleurer, monsieur. La guerre est finie. Si vous voulez, je vous confie ma chienne, elle s'appelle Lorette, elle rend les gens heureux. »

Je n'ai pas pu m'empêcher de sourire.

« Vous voyez, ça marche. »

Elle est repartie en faisant de petits sauts, son chiot lui tournant autour.

Je me sentais vide. Immensément vide. Joplain en Amérique. À quoi bon le chercher ? Je me moquais bien de son sort, après tout. À mesure que je m'étais enfoncé dans cette enquête, j'avais nourri mon obsession pour cette histoire d'amour. Bercé par l'illusion qu'Émile et Lucie avaient réussi là où moi j'avais échoué. Je rêvais des deux fiancés enlacés, de deux cœurs purs au milieu du tumulte. De deux âmes qui avaient souffert mais avaient pu se retrouver.

Émile : en Amérique.

Lucie : morte. Comme ça. Après deux ans à danser entre les bombes. Il avait fallu qu'elle meure à quelques mètres de son fiancé.

J'avais envie de tout arrêter. C'est ce que j'ai fait. Je me suis assis dans mon fauteuil. Et j'ai ouvert une bouteille. Je me suis saoulé pendant une semaine. On a toqué à la porte. Plusieurs fois. J'étais saoul, je ne voulais voir personne. Je résistais à l'envie d'aller chez Jeanne Joplain pour lui dire que son fils était vivant mais qu'il ne voulait plus d'elle, qu'il avait préféré fuir de l'autre côté des océans parce qu'elle avait été incapable de le laisser vivre son amour.

Un matin, j'ai été réveillé par le fracas de la porte qu'on essayait de défoncer. De grands coups qui la faisaient trembler sur ses gonds. De l'autre côté, des ahanements de bête essoufflée.

J'ai accouru du mieux que j'ai pu. Un Davisse se massant l'épaule m'a dévisagé avec soulagement. « Nombre de fois où je suis venu en vain cette semaine : sept. »

Il a regardé ma sale tête, a fait un rapide tour du propriétaire. « Nombre de jours sans rasage : sept. Nombre de bouteilles vides sur le sol : dix-neuf. » Il s'est approché de ma cuisinière, a mis de l'eau à bouillir avant de me dire qu'il avait des informations susceptibles de m'intéresser. Il se tenait droit comme jamais, ses yeux brillaient et avaient un je-ne-sais-quoi de changé. Je n'osais pas le couper dans son élan en lui faisant part des tragiques nouvelles de Vimy.

« Olga », a-t-il murmuré dans un souffle qui s'est perdu au-dessus de la bouilloire. J'ai compris la posture, les yeux brillants et le je-ne-sais-quoi de changé. La jeune infirmière allemande, qui n'était plus si jeune et qui n'était plus infirmière, était de passage pour une réunion de pacifistes à Paris. Davisse était venu me trouver à plusieurs reprises afin que nous en profitions pour la rencontrer. Devant mon silence, il s'était résolu à aller la trouver seul. Bien lui en a pris puisque, manifestement, ils s'étaient particulièrement bien entendus. Il en parlait avec une effusion que je ne lui connaissais pas. « Nombre d'histoires d'amour naissant dans ma vie : une. » Impossible à couper, il s'est lancé dans un long monologue sur l'importance du rapprochement entre les peuples, de la révision du traité de Versailles, de la démilitarisation de tous les pays et de la réconciliation entre les hommes et les femmes par-delà les frontières. L'eau bouillait, il s'agitait, ma tête me lançait. J'avais envie de lui dire de parler moins fort, de me laisser tranquille.

Il s'est arrêté.

« Bon, maintenant que tu commences à te réveiller... Je ne suis pas venu pour te raconter ma vie. Olga m'a raconté Vimy. Sacrée histoire. »

Je n'ai pas eu la force de lui dire que je savais déjà tout. Je me suis rassis dans mon fauteuil. Malgré mon mal de crâne, je voyais bien qu'il ménageait ses effets.

« Il faisait un temps dégueulasse à ce qu'il paraît. De la neige, de la boue et encore de la neige. Et avec ce qu'il vous faut de bien froid. Un blizzard du diable. Comme elle m'avait raconté dans ses lettres : avec Nadia, elles avaient pris Lucie sous leur aile. Nombre d'ailes : quatre. Cela dit, je crois que l'expression c'est *aile* au singulier, *sous son aile*, ce qui ferait deux ailes en partant du principe que chacune la protège avec son aile. Bref, elle avait l'air toute fragile, "comme un oiseau blessé", elle m'a dit. Au début, elles ont même pensé qu'elle avait perdu la raison, ce qu'était pas loin d'être vrai si tu veux mon avis. Quand elles arrivent à Vimy : pas le temps de chômer. Elle avait peut-être plus toute sa tête, Lucie, mais elle avait gardé ses réflexes d'infirmière et elle savait y faire. Olga et Nadia continuaient à veiller sur elle, prenant soin qu'elle se repose et qu'elle se nourrisse bien. Elle était constamment agitée, à regarder partout, comme si elle essayait de s'échapper alors qu'elle était même pas prisonnière.

« Une nuit, elles ont compris. Elle était plus là. Envolée. Nombre de Lucie présente dans sa couchette : zéro. Au matin pourtant, elle était de retour, couverte de boue et frigorifiée. Elles l'ont aidée à se réchauffer et à se remettre présentable, s'agissait pas de mettre en colère les médecins avec toutes ces saletés. La nuit d'après, pareil et encore pareil. Olga et Nadia avaient beau lui poser des questions, la p'tite Himmel elle voulait rien leur dire. Un matin, elle est revenue différente. Elle souriait. C'était tellement la première fois qu'elle souriait qu'elles ont failli pas la remettre ! Ça se voyait qu'elle était heureuse. Elle leur a raconté qu'elle avait retrouvé son prince poète et qu'elle avait rendez-vous avec lui. Pourtant pas le temps de raconter son histoire. Nombre de soldats qui déboulent de l'autre bout du couloir : deux. Ils l'embarquent sans discussion.

« Son escapade, elle était pas passée inaperçue. Y avait un officier qu'avait tout suivi avec ses jumelles. Et aller taper la discute avec un uniforme ennemi, ça donnait pas une très bonne impression. Faut dire qu'à Vimy les lignes de front étaient toutes proches.

« Vas-y que je t'enferme l'Alsacienne dans une cellule et on te jugera ça demain pour "intelligence avec l'ennemi". Olga et Nadia parviennent néanmoins à aller la voir pour lui porter de l'eau et de quoi manger. Contrairement à ce qu'on disait, c'était pas des sauvages les Allemands. Pas tous, en tout cas. C'est là, à travers les barreaux, qu'elle leur raconte qu'elle a son rendez-vous, qu'il faut la sortir de là, qu'elle leur attirera pas de problèmes, qu'elle partira et qu'elle reviendra pas. Olga et Nadia, elles sont émues. Normal, c'est une histoire émouvante. Même moi, qui suis plutôt un homme de chiffres, je dois bien avouer que ça m'a ému. Nombre de larmes qui ont coulé sur mes joues : deux. Soit deux de plus que ma moyenne habituelle sur cinq ans. Faut dire qu'Olga raconte rudement bien : j'avais l'impression d'y être.

« Bref, les deux infirmières essaient d'aller plaider sa cause, en vain. Les Allemands avaient autre chose à faire qu'à discuter des causes. Nombre de possibilités d'évasion : zéro.

« C'est là que Nadia a une idée. Elle va y aller au

rendez-vous. Elle va y aller pour lui dire que Lucie est enfermée mais qu'elle l'aime et qu'il faut venir la délivrer. Nadia attend la nuit et traverse les lignes. Et c'est là que ça a commencé à exploser de partout. Elle n'est jamais revenue. »

Quoi ? Pardon ? Répète ? Qu'est-ce que t'as dit ? Nadia ? C'est Nadia qui est sortie ce soir-là ? Alors… Lucie ?

Je m'étais redressé d'un coup. Ma gueule de bois balayée en un instant. Et puis qu'est-ce qu'il avait à être si prolixe, Davisse ? C'est Olga qui nous l'avait révolutionné ?

« Ravi de voir que je t'intéresse. Dommage que tu aies raté Olga, elle raconte bien mieux, surtout le passage où Lucie se fait arrêter par les soldats. J'en avais des frissons.

« Pour la suite : elles se sont pris un sacré bombardement, les Canadiens y ont mis le paquet. Nombre de jours de l'attaque : quatre. À la fin, il restait plus grand-chose du poste allemand. Je peux te dire qu'il n'y avait plus de prisonniers ou de jugement à venir. Les murs tenaient à peine, les portes avaient sauté. Tout le monde s'est carapaté. Olga et Lucie aussi. Elles ont attendu que ça se calme un peu plus loin. C'était pas possible d'avancer. »

27

La suite de l'histoire n'est malheureusement pas aussi rose que cette révélation pourrait le laisser supposer. Olga et Lucie ont attendu près d'une semaine avant de pouvoir passer les lignes. On craignait qu'il s'agisse d'espionnes : Lucie n'était pas la première Allemande à parler parfaitement français. Et elle avait perdu ses papiers depuis trop longtemps pour prouver quoi que ce soit.

Elle obtint l'autorisation de se renseigner sur la présence d'un soldat parmi les troupes canadiennes. Olga devait, elle, rester en retrait.

La bataille fit trois mille cinq cent quatre-vingt-dix-huit morts côté canadien et pas loin de vingt mille côté allemand. Des soldats étaient en train de trier les plaques d'identification sur une grande table où ils consignaient les noms des disparus. Lucie se joignit à eux. À la fin de la journée, elle scruta les registres qui avaient été remplis à côté d'elle.

Son cœur arrêta de battre. « Émile Joplain. »

Il était officiellement mort. Comme des milliers de Canadiens, de Français, d'Allemands. Mort. Émile, mort. Alors qu'il avait rendez-vous avec elle, il était mort. Elle voulait savoir comment, elle voulait comprendre, elle voulait le ressusciter, elle voulait le voir, lui dire adieu, le serrer contre elle, le ramener loin de la guerre, loin des bombes et de cette odeur. Il était mort. Lucie voulait qu'il ait des fleurs, des pivoines et des tournesols. Elle voulait lui dire qu'elle l'aimait, lui dire qu'elle l'avait cherché partout, qu'elle n'avait pas abandonné. Mort, mort et re-mort.

Elle était seule face aux registres. Elle ne pouvait accepter cette réalité. Elle prit l'encrier qui avait été laissé là et le renversa sur la page où était inscrit « Émile Joplain ». Elle regarda l'encre recouvrir le prénom et le nom de son fiancé, comme s'ils n'avaient jamais été inscrits sur ce registre.

Elle est retournée voir Olga qui a essayé de la consoler comme elle a pu. Elle lui a dit que sa médaille avait peut-être été arrachée et qu'il était toujours vivant. Il fallait l'attendre, il savait qu'elle n'était pas loin. Il fallait garder espoir.

Lucie, qui s'était fait passer pour la femme du soldat Joplain, demanda à récupérer la médaille, ce qui lui fut accordé.

Elle a ensuite attendu. Un jour et une nuit. Et un deuxième jour. Et encore. Le jour et la nuit. Sous la neige et sous la pluie. Elle est devenue mutique. Olga allait lui chercher de quoi se nourrir, de quoi se réchauffer. Elle s'en occupait comme de son enfant.

Un mois a passé, le front s'est déplacé. Olga regrettait d'avoir entretenu un faux espoir. Elle avait beau essayer de raisonner Lucie, rien n'y faisait. Elle restait silencieuse, les yeux écarquillés, dormant peu de peur de louper le passage de son fiancé.

Olga, allemande, était une Allemande trop allemande pour rester de ce côté du front. Dans une campagne qui avait beaucoup souffert de l'assaut de ses frères, de ses cousins, on ne voulait pas de la Teutonne. Et sans travail, pas de pain. À la lettre, pas de pain. C'est à ce moment-là qu'elle prit la décision de retourner au pays.

Elle parvint à convaincre son amie de se déplacer. On allait le retrouver son Émile, mais plus tard. On ne trouverait personne si on se laissait mourir. Il fallait reprendre des forces.

Avant de retourner en Allemagne, Olga devait trouver un endroit sûr pour Lucie. Un endroit où l'on prendrait soin d'elle. La jeune femme était restée mutique et les rares fois où elle recouvrait la parole, c'était lors de terribles crises de panique au cours desquelles elle criait qu'il fallait retourner à Vimy, fouiller la boue, déterrer les corps, inspecter les hôpitaux.

Elles atteignirent Paris en quelques jours. Elles étaient sans ressources. Olga parlait un trop mauvais français avec un accent trop germanique pour espérer trouver un emploi. Lucie était incapable de travailler. Elle était à présent prise de tremblements, elle croyait apercevoir Joplain au détour d'une rue, assis à la terrasse d'un café ou à l'arrière d'un tram. Elle l'appelait au milieu de la nuit puis se taisait pendant des heures.

Elle poussait des hurlements sans que personne puisse l'apaiser. Elle voulait partir, elle voulait dormir, elle voulait mourir. Elle était incapable de donner l'adresse de ses parents.

Et puis Lucie avait raconté à Olga que son nom de famille était Joplain. C'était la version qu'elle avait également servie à l'armée canadienne pour retrouver non pas son poète fiancé, mais bien son mari. Impossible de remonter la piste des Himmel. L'Allemande parvint au contraire au seuil de la porte de Jeanne Joplain. On refusa de lui ouvrir. « Une Lucie Joplain ? Non, il n'y en a jamais eu et il n'y en aura jamais. Vous faites erreur. »

Olga dut se résoudre à amener son amie à l'hôpital. Elle veillait à parler le moins possible afin de ne pas être trahie par son accent.

Le médecin ne mit pas longtemps à diagnostiquer une obusite. Ce n'était pas si fréquent qu'une femme en soit atteinte. Une aubaine pour lui qui allait s'en occuper. Une fabuleuse matière d'exploration médicale. « Une infirmière, vous dites ? Parfait, elle sera très bien ici. Comment s'appelle-t-elle ? Choplain ? Chopin ? Formidable, j'adore le piano. »

Olga était restée interdite, partagée entre le soulagement de savoir son amie entre de bonnes mains et la rapidité avec laquelle tout cela s'était passé. Elle reprit la direction de l'est et mit deux mois à rentrer chez elle, en Bavière.

Quinze ans plus tard, j'arrivai devant l'hôpital Sainte-Anne, me demandant ce que j'allais lui dire, ne sachant même pas si Lucie était toujours vivante.

Je demandai une certaine Lucie Chopin. On m'indiqua un bâtiment, un étage, un couloir. C'était étrangement silencieux. J'entendais le bruit de mes souliers qui claquaient contre le carrelage. Une lumière blafarde pénétrait par les fenêtres sales. Je m'arrêtai devant sa chambre. J'avais visité un certain nombre d'hôpitaux au cours de ces dernières années. Je savais que derrière cette porte il fallait s'attendre à tout. Une femme sans visage, un squelette attaché aux barreaux de son lit. Je m'étais fait à l'idée que la Lucie qui se trouvait ici n'aurait que très peu à voir avec celle qui se trouvait sur la photo qui ne m'avait plus quitté depuis mon voyage à Molsheim.

Elle était assise sur une chaise en bois. Immobile. Elle regardait par une fenêtre et se retourna dans ma direction. « Émile ? »

Je n'eus pas la force de lui répondre. Ses joues étaient creusées, ses yeux étaient vides. Elle parvint à esquisser un maigre sourire. « Émile ? C'est toi ? » Je m'approchai timidement. « Émile, si tu savais comme je suis contente. » Je m'assis sur le lit, à un mètre d'elle. « Émile, mon poète, je savais que tu viendrais. » Je ne trouvai aucun mot. Elle ne me regardait plus, ses yeux étaient retournés vers la lumière de la fenêtre. « Nous allons enfin nous marier. Nous allons partir en Amérique. » Elle ne souriait plus. Ses mains étaient posées sur la petite table en bois où se trouvait un verre vide que je suis allé remplir d'eau. « Merci, mon Émile. »

Je suis ressorti sans rien dire. « Tu reviendras, Émile ? Je ne connais pas la route pour l'Amérique. »

J'y suis retourné plusieurs fois.

Je n'ai jamais prononcé la moindre parole. J'avais peur que ma voix ne brise le charme. Je n'ai jamais cherché à parler à un médecin. Ni même à une infirmière, à part pour échanger des banalités. Des malades comme Lucie, j'en avais vu des centaines dans les hôpitaux. Les blessés oubliés de la Grande Guerre. On les cachait, on en parlait peu. On ne savait pas trop quoi en faire. Je ne voulais pas savoir quels traitements lui étaient réservés, j'espérais seulement qu'elle échappe aux chocs électriques.

J'ai écrit à ses parents, mais la lettre m'est revenue. « N'habite pas à l'adresse indiquée. » Je n'ai jamais su ce qui leur était arrivé. Avaient-ils déménagé ? Étaient-ils morts ? Je n'ai jamais eu le courage de mener cette enquête.

Je suis allé trouver la veuve Joplain pour lui dire que je mettais un terme à mon engagement. Elle m'a dit que je ne pouvais pas, que je n'en avais pas le droit.

Elle a vu que je ne plaisantais pas.

Elle a pleuré. Pour la première fois depuis que je la connaissais, elle pleurait. Elle a ouvert une armoire, en a sorti une enveloppe qu'elle m'a tendue. Des lettres. Ou plutôt des débuts de lettres, des morceaux de lettres, brunies, brûlées.

Dans un murmure, elle m'a dit : « Il voulait que je lui fasse suivre. Ce n'était que des saletés de lettres d'amour. J'ai tout mis au feu. J'ai regretté. J'ai sauvé ce que j'ai pu. »

Mon amour,
J'ai pensé à vous aujourd'hui.
Comme hier. Comme avant-hier.
Et demain si je suis en vie.
Mon amour,
Il a plu et j'ai pensé à vous.
Un camarade est mort dans mes bras et j'ai pensé
[à vous.
J'ai mangé une mauvaise soupe et j'ai pensé à vous.
[Vous me peuplez.
Mon amour,
Une année est passée. Une année que l'on nous a
[volée.
Une année perdue à jamais.
Mon amour,
Je suis mitraillé de manque.
Ça fait mal.
Mon amour,
J'ai repensé à votre robe. Je ne me souvenais plus de sa
[couleur.
Je n'aime pas oublier une couleur.
Elle était bleue, je m'en suis souvenu. Mais j'ai eu peur.

Mon amour,
En moi s'est installé un étrange animal
Un sage, un saltimbanque
Ça fait beaucoup.

Mon amour,
Vous êtes mon sang, vous êtes mon cœur
Sans vous je suis froid, sans vous je meurs

Mon amour, mon amour,
Je répète ces mots dans la nuit
Je les dirai au bout de ma vie
C'est peut-être demain
C'est peut-être ici

Mon amour,
Vous entendez le bruit du tambour ?
Dites, vous l'entendez ?
C'est mon cœur qui cogne
Il cogne depuis trois ans
Il cogne comme un ivrogne

Mon amour,
Je veux aller au bal
Avec vous rien qu'avec vous
Un bal rien que pour nous
Nous tournerons, j'avoue
Je ne sais pas danser
Vous m'apprendrez

Mon amour
Mon cœur a pleuré aujourd'hui
Mes yeux ont battu
Mes mains n'ont senti que votre absence

Mon amour

Si vous mourez, je meurs
Si vous partez, je pars.
Si vous ne m'aimez plus, je vous aimerai encore
Mon amour
Un obus est tombé à quelques mètres de moi
Manqué. Les Allemands ne savent pas
Que je ne prends les flèches
Que dans le cœur.
Mon amour
Si vous êtes morte, emmenez-moi.
Si vous ne l'êtes pas, emmenez-moi
Mais par pitié, ne mourez pas.
Pas sans moi, attendez-moi.

Nous sommes restés debout sans rien dire. Longtemps.

Et je lui ai dit le plus doucement possible que, jusqu'à preuve du contraire, son fils était mort à Vimy en avril 1917 et que je ne la chercherais plus, la preuve du contraire.

J'ai pris l'enveloppe et je suis allé à l'hôpital. Je suis entré dans la chambre de Lucie et lui ai lu les morceaux de lettres. Des larmes ont coulé sur sa joue. Lorsque j'ai terminé, elle m'a remercié, m'a dit adieu et m'a dit qu'il fallait que je veille sur son Émile.

Je n'y suis plus jamais retourné.

La veuve Joplain a continué à me payer. Je donnais cet argent à l'hôpital en demandant que l'on prenne soin de Lucie Chopin.

28

Davisse et Olga se sont mariés à Munich cette année-là. Nous étions en 1932. Mon ami avait besoin de changer d'air. Il me manquait.

Un an après, Hitler devenait chancelier.

C'est Davisse qui le premier m'a averti de la démence du nazisme. Ils ont fini par se décider à quitter le pays en 1935. Il s'y passait des choses graves, très graves. Raymond était trop français pour l'Allemagne, Olga trop allemande pour la France. Ils ont réalisé le rêve d'Émile et Lucie : direction les États-Unis d'Amérique. J'ai reçu une carte postale avec la statue de la Liberté et cette phrase griffonnée au dos : « On l'a enfin trouvée. »

De mon côté, j'avais envie de passer à autre chose, de faire semblant de retrouver la vie d'avant, pourquoi pas retourner aux tramways. Alors je suis allé rendre visite une dernière fois aux camarades. Ils construisaient des cimetières militaires partout. Quarante-cinq mille copains à Notre-Dame-de-Lorette, cent trente mille à Douaumont et pareil partout dans le pays. Des croix de bois, des croix de béton, des ossuaires, des monuments. En tout plus de huit millions de morts. Des hommes du monde entier sont venus s'enterrer ici, en Belgique, en Allemagne, en Italie.

Je me suis retrouvé au milieu des croix. Des centaines, des milliers, identiques, alignées. C'en était vertigineux.

Je voulais savoir comment ils allaient, les copains. Ils allaient pas. Ils allaient nulle part, ils allaient que dalle. C'était rien que des années volées qu'on avait mises là pour leur rendre hommage.

Je suis rentré chez moi. Je n'ai pas repris une vie normale, car il n'y avait plus de vie normale. Certains se préparaient déjà à la prochaine guerre. On ne parlait plus de la der des ders. On disait qu'il y avait une revanche qui s'annonçait mais qu'on avait la ligne Maginot, que ça ferait pas un pli. Ça préparait les fleurs pour les fusils.

Tout s'est accéléré. Les rêves de pacifisme ont volé en éclats. J'avais traversé toutes ces années-là en soldat, sans prendre la peine de quitter la guerre pour laquelle j'étais parti en 14.

Davisse me disait de venir, de quitter cette vieille Europe qui refusait la paix. Même lui n'y croyait plus.

Cette fois-ci, pas d'assassinat d'archiduc héritier. Les Allemands sont allés droit au but et ont annexé l'Autriche, ils ont pris la région des Sudètes à la Tchécoslovaquie, se sont enfoncés en Pologne. C'était la guerre.

L'impensable arriva. Les nazis sont passés par les

Ardennes. Nous nous croyions bien protégés par notre ligne Maginot, il leur a suffi de la contourner. En 1940, le miracle de la Marne ne s'est pas reproduit. Le 14 juin, les Allemands sont entrés dans Paris. Et c'est Pétain, le héros de Verdun, qui a parachevé le désastre en signant la capitulation.

Beaucoup de mes voisins sont partis. Aujourd'hui, le quartier est calme. Étrangement calme. Davisse m'a une nouvelle fois pressé de le rejoindre. Mais je n'ai nulle part où aller. Ma vie est ici. Au pied de mon réverbère.

Je n'enquête plus. Je me contente de ma pension d'invalidité et de l'argent que je suis parvenu à mettre de côté. Je n'ai pas besoin de grand-chose. J'attends que la mort vienne me chercher pour aller rejoindre Anna.

J'ai appris que la veuve Joplain a été mise sous tutelle et les versements ont cessé. L'arrivée des nazis a été pour elle aussi le coup de trop dans cette vie passée à courir après la guerre. Pour elle comme pour moi, la seule satisfaction avait peut-être été de nous dire que, au moins, nous l'avions gagnée cette der des ders. Son Émile n'était pas mort pour rien. Mes camarades étaient également tombés pour la bonne cause. Vingt-deux ans plus tard : des millions de morts pour rien. Et les blessés, les disparus, les vies brisées. On racontait les pires atrocités sur ces nazis que nous avions refusé de condamner avec fermeté.

On parle allemand dans les rues de Paris. Ce n'est pas l'allemand chantant d'Olga.

J'ai reçu un appel téléphonique de l'hôpital où est internée Lucie. Elle est morte il y a dix jours, le 12 février 1941.

J'ai demandé à m'occuper de l'enterrement. Lorsque je suis allé signer les papiers, j'ai été effaré par l'état de l'hôpital. Les malades agonisent. De faim. Littéralement. Ils sont d'une maigreur affolante. La plupart ne tiennent même pas debout. Ils sont sales, abandonnés. Il n'y a plus d'argent à l'hôpital.

J'ai pu offrir une petite sépulture à Lucie Himmel. En repensant aux morceaux de poèmes d'Émile, j'ai demandé que l'on grave VOUS ME PEUPLEZ sur sa tombe.

J'étais seul à son enterrement. J'ai pleuré. Pour la première fois depuis longtemps. J'ai repensé à son amour, j'ai repensé à mon Anna.

La semaine dernière, la veuve Joplain a également fini par lâcher la rampe.

Je ne la portais pas dans mon cœur, mais je suis allé à son enterrement. Il n'y avait pas grand monde, quelques vieux bourgeois serrés les uns contre les autres.

Un homme se tenait légèrement à l'écart. Il m'a fallu quelques minutes pour le reconnaître.

L'accordéoniste aveugle, sans son accordéon.

Le reste de l'assistance ne faisait pas attention à lui.

Et j'ai compris.

Sept ans à le chercher partout alors qu'il était en bas de chez moi.

Émile Joplain. Le même nez que sa mère. Un visage d'enfant sur un corps qui commençait à fatiguer. Il était silencieux. Je lui ai dit que je l'avais cherché pendant sept ans. Il a eu l'air surpris. Il m'a souri et m'a proposé d'aller prendre un verre dans un endroit chaud.

C'est comme ça que j'ai appris qu'il n'avait jamais été évacué vers le Canada. Il avait subi une dernière attaque au gaz qui lui avait fait perdre la vue. Il était resté en France – à quoi bon aller au Canada si on ne peut pas en voir la beauté ? – et avait trouvé un vieil accordéon.

Georges Hérisson, qui l'avait sauvé à Vimy, s'en était moins bien sorti. Quelques jours plus tard, gravement blessé au visage, il était parti dans un hôpital au sud de Paris. Quand Émile apprit qu'il s'agissait de l'hôpital de Tours où il avait lui-même séjourné, il fit en sorte que son ami soit transféré à Paris. Ils ne se sont plus quittés, l'un cirant les chaussures, l'autre chantant ses poèmes.

Il ne savait faire que ça, écrire des poèmes. De retour à Paris, il avait appris par des voisins que sa mère avait refusé d'ouvrir à Lucie. Il ne lui a jamais pardonné, comme il ne lui avait pas pardonné d'avoir refusé qu'ils se marient en 1914.

La dernière chose qu'il avait vue avant l'attaque chimique qui le rendit aveugle, c'était un poème qu'il venait de terminer. Il a mis une main dans la poche intérieure de son manteau et en a sorti une vieille enveloppe jaunie et cornée. « À quoi bon le garder, je ne pourrai plus le lire. Vous me dites que vous avez consacré presque dix ans à mon amour. Je crois que ce poème vous revient. »

J'ai pris l'enveloppe en le remerciant. Il m'a serré la main et s'en est allé.

Je n'ai pas eu le courage de lui dire que j'avais fini par retrouver Lucie. Je n'avais pas envie qu'il l'imagine mourant de faim dans la misère la plus absolue à quelques rues de l'endroit où il chantait.

Je retournai au cimetière. Il n'y avait personne. Seuls quelques corbeaux croassaient ici et là. Je regardai les noms sur les tombes et je repensai à toutes ces sépultures anonymes à Verdun, à Notre-Dame-de-Lorette, partout.

Il fallait bien que je raconte à Lucie ce qui venait de m'arriver. Je me suis assis sur le rebord de la pierre tombale. Le bouquet que j'y avais déposé une dizaine de jours auparavant était déjà bien fané.

LUCIE HIMMEL
1893-1941

Je repensai à un vieil officier qui m'avait dit un jour que les dates gravées sur une pierre tombale n'avaient pas de valeur en soi : que ce qui comptait, c'était le trait d'union.

J'ouvris l'enveloppe et j'en sortis une petite feuille pliée en quatre. Un trait d'union vaut bien un poème.

On s'était promis qu'on s'aimerait jusqu'à la mort.

On s'était promis qu'on n'aurait pas peur. Ni de la guerre, ni de la paix, ni de l'après.

On s'était promis qu'à la fin on gagnerait, qu'à la fin on partirait, on s'en irait.

On s'était promis l'Amérique.

On s'était promis de chanter et de danser.

On s'était promis de découvrir une nouvelle couleur, d'inventer un parfum et de faire pousser des fleurs.

On s'était promis de nager dans toutes les mers, de voguer sur tous les océans.

On s'était promis la trompette et le tuba, la caisse claire et la cymbale, le piano et le violon. Le son de l'accordéon.

On s'était promis que s'il y avait une fin c'est qu'il y avait un début, qu'il y avait un pendant, et qu'on ne serait jamais perdants.

On s'était promis qu'on relirait Homère. Qu'on apprendrait Rimbaud. Qu'on réciterait Baudelaire. Qu'on prierait Nerval.

Qu'on n'oublierait pas la chance et la joie.

Qu'on ferait un tour du monde et puis demi-tour.

Qu'on flotterait dans les vents, le zéphyr et le sirocco, la tramontane et la balaguère.

Qu'on dormirait plus, qu'on ne dormirait plus. Ou ailleurs, ou plus loin. Ou à la belle étoile.

Qu'on fuirait les nations et qu'on aimerait les peuples.

Qu'on vivrait de musique et de pain.

De vin et d'amour.

D'ivresse.

Tu entends, la vie ? Tu entends, la mort ?

On s'était promis des histoires à raconter et des histoires à vivre.

On s'était promis la chair et la bouche, les cris et le souffle.

Les éléphants et les baleines.

L'univers et plus encore.

Et toujours le son de l'accordéon

On voulait des lions, on a eu des rats.

On voulait le sable, on a eu la boue.

On voulait le paradis, on a eu l'enfer.

On voulait l'amour, on a eu la mort.

Il ne restait qu'un accordéon. Désaccordé. Et lui aussi va nous quitter.

REMERCIEMENTS

Au cours des derniers mois, j'ai lu ou relu les livres écrits pendant la guerre et dans les années qui ont suivi. Je pense notamment à *Ceux de 14* de Maurice Genevoix, au *Grand troupeau* de Jean Giono, au *Feu* d'Henri Barbusse, à *La Main coupée* et à *J'ai tué* de Blaise Cendrars, à *La Peur* de Gabriel Chevallier, à *Gaspard* de René Benjamin, aux *Croix de bois* de Roland Dorgelès, aux *Poèmes à Lou* de Guillaume Apollinaire, à *L'Équipage* de Joseph Kessel ou, même si elles ont été publiées plus récemment, aux *Paroles de poilus* collectées par Jean-Pierre Guéno. Côté allemand, deux textes me paraissent incontournables, *À l'Ouest rien de nouveau* d'Erich Maria Remarque et *Orages d'acier* d'Ernst Jünger.

Les lecteurs et lectrices qui souhaiteraient approfondir certaines questions historiques ou historiographiques trouveront des informations dans des travaux d'historiens particulièrement riches sur cette période : *Après la Grande Guerre. Comment les Amérindiens des États-Unis sont devenus patriotes (1917-1947)* de Thomas Grillot, *La Victoire endeuillée. La sortie de guerre des soldats français (1918-1920)* de Bruno Cabanes, *Les Mots des soldats* d'Odile Roynette, *Les Femmes au temps de la guerre de 14* de Françoise Thébaud, *Les Fusillés de la Grande Guerre et la mémoire collective (1914-2009)* de Nicolas Offenstadt.

Un certain nombre de blogs et de sites Internet sont de précieuses sources d'information. Je pense par exemple au blog du 347e régiment d'infanterie.

Citons aussi l'incroyable série documentaire *Apocalypse* de Daniel Costelle et Isabelle Clarke, disponible en DVD.

Enfin, à l'occasion des commémorations du centenaire du conflit, de nombreuses émissions et podcasts ont été diffusés sur France Inter (*Autant en emporte l'Histoire*), France Culture (*Le Cours de l'Histoire* et *LSD, la série documentaire*), Europe 1 (*Au cœur de l'histoire*) ou RFI. C'est dans l'une de ces émissions que j'ai entendu cette histoire de rabbin que tout le monde prenait pour un curé. Noyé au milieu de dizaines d'heures d'émission, je ne suis jamais parvenu à retrouver celle où il en était question : je sais toutefois qu'un journaliste, ou un historien, me l'a soufflée, et je l'en remercie.

Les lecteurs et lectrices qui veulent aller plus loin peuvent également visiter les nombreux mémoriaux. Ces lieux où la terre martyrisée n'a toujours pas cicatrisé ont été une grande source d'inspiration. Je pense à Verdun, mais aussi au musée de la Grande Guerre de Meaux et au site de Vimy. Tous ont nourri les pages de ce roman.

D'un point de vue plus personnel,

Je tiens en premier lieu à renouveler ma gratitude et mon amitié à mon éditeur David Meulemans.

Erika qui m'accompagne depuis tant d'années dans ce travail d'écriture. Merci pour le clairon, Vimy et le carnet. Et surtout pour le reste.

Marie-Laure pour ses mille lectures, je suis moralement endetté jusqu'à la fin de mes jours.

Nicolas, oreille et soutien toujours attentifs. Marc pour ses corrections pointilleuses. Manon Pignot, pour son regard d'historienne. Ysabelle, Milo et Elliot pour le soutien. Emmanuel pour l'aventure musicale.

Mes grands-parents et mes parents pour m'avoir transmis leur goût pour les petites histoires et la grande Histoire.

Merci à D & C.

Merci aux représentants qui me défendent, aux libraires qui m'accompagnent, aux lecteurs et lectrices qui me suivent.

Et aux musiciens des sixties et des seventies qui ont bravé la chronologie pour se cacher dans ces pages.

Ce livre est dédié aux victimes de la guerre. De toutes les guerres.

Du même auteur :

Aux éditions Aux forges de Vulcain

Une bouche sans personne, 2016 (Points, 2017).
Un funambule sur le sable, 2017 (Points, 2018).
Des mirages plein les poches, 2018 (Points, 2019).
Requiem pour une apache, 2020 (Points, 2022).

Aux éditions du Sonneur

Le Roman de Bolaño, coécrit avec Éric Bonnargent, 2015 (Points, 2020).

Aux éditions Rageot

Le Second Souffle, coécrit avec Jennifer Murzeau, 2021.

PAPIER À BASE DE
FIBRES CERTIFIÉES

Le Livre de Poche s'engage pour
l'environnement en réduisant
l'empreinte carbone de ses livres.
Celle de cet exemplaire est de :
200 g éq. CO_2
Rendez-vous sur
www.livredepoche-durable.fr

Composition réalisée par Soft Office

Achevé d'imprimer en janvier 2024, en France par
Maury Imprimeur – 45330 Malesherbes
Dépôt légal 1re publication : janvier 2024
N° d'impression : 275693
Edition 04 - janvier 2024
LIBRAIRIE GÉNÉRALE FRANÇAISE
21, rue du Montparnasse – 75298 Paris Cedex 06